# EL HIJO INESPERADO DEL JEQUE

## Carol Marinelli

Editado por Harlequin Ibérica.
Una división de HarperCollins Ibérica, S.A.
Núñez de Balboa, 56
28001 Madrid

© 2019 Carol Marinelli
© 2019 Harlequin Ibérica, una división de HarperCollins Ibérica, S.A.
El hijo inesperado del jeque, n.º 2724 - 4.9.19
Título original: Claimed for the Sheikh's Shock Son
Publicada originalmente por Harlequin Enterprises, Ltd.

I.S.B.N.: 978-84-1328-131-5
Depósito legal: M-26403-2019
Impreso en España por: BLACK PRINT
Fecha impresión para Argentina: 2.3.20
Distribuidor exclusivo para España: LOGISTA
Distribuidor para México: Distibuidora Intermex, S.A. de C.V.
Distribuidores para Argentina: Interior, DGP, S.A. Alvarado 2118.
Cap. Fed./Buenos Aires y Gran Buenos Aires, VACCARO HNOS.

# Capítulo 1

**H**ABLARÁ usted en el funeral, Alteza?
Las preguntas de los paparazzi empezaron incluso antes de que el príncipe Khalid de Al-Zahan hubiera descendido de su vehículo.

El funeral de Jobe Devereux iba a celebrarse al día siguiente, y la prensa y la televisión se habían congregado a las puertas de su casa de la Quinta Avenida para captar las imágenes de quienes llegaban a ofrecer sus condolencias. Khalid había volado a Nueva York desde Al-Zahan y, a petición de la familia, había acudido directamente desde su avión privado a casa de Jobe. Para el funeral iría recién afeitado, peinado y con traje, pero aquella noche, recién llegado de un apartado lugar del desierto, no se había afeitado y vestía prendas oscuras. Khalid era un hombre impactante: alto y delgado pero fuerte, y a pesar de lo impresionante de su físico, se movía de un modo elegante y reposado hacia la casa que tan bien conocía, sin dignarse a responder todas aquellas preguntas, ya que tenía la mente en otra cosa. No solo acababa de perder un socio en los negocios, sino a una persona a la que valoraba y respetaba.

—¿Chantelle estará sentada con la familia?

—¿Habrá algún invitado inesperado?

—Alteza, ¿es cierto que el rey de Al-Zahan va a anunciar en breve su matrimonio?

La última pregunta sí que le llegó, aunque logró que no se notara. La presión que sufría en su país para que contrajera matrimonio era inmensa, y que esa presión le agobiara también allí, en Nueva York, el lugar que él consideraba su refugio, iba a resultar insoportable.

El ama de llaves abrió la puerta y al entrar resultó obvio que, aun antes del funeral, la muerte de Jobe había congregado a bastante gente. Había grupos aquí y allá charlando de pie con una copa en la mano, casi como si el funeral ya se hubiera celebrado.

Pero él no estaba allí para charlar, de modo que lo condujeron directamente al despacho de Jobe.

–Le diré a Ethan que está usted aquí –dijo el ama de llaves–. Está hablando con el senador.

–Dile que no hay prisa.

–¿Puedo ofrecerle algo?

–Estoy bien –contestó él, pero, cuando el ama de llaves ya salía del estudio, la llamó–. Barb, siento mucho tu pérdida.

La mujer le contestó con una sonrisa entristecida.

–Gracias, Khalid.

Era un alivio estar allí, lejos de las hordas. No estaba de humor para charla insustancial.

Resultaba curioso que una estancia que pertenecía a una casa que quedaba tan lejos de la suya pudiera contener tantos recuerdos. El globo terráqueo de Jobe siempre había ejercido en él una poderosa atracción. Ya era una antigüedad cuando lo compró, y le gustaba contemplar los países desaparecidos mientras su isla, separada de tierra continental, permanecía.

Y también allí, y de aquella misma licorera, había probado por primera vez el alcohol. En aquella mesa se había hecho el primer boceto del hotel Royal Al-

Zahan, y ahora solo faltaba un año para la inauguración.

Un sueño imposible, nacido en aquel estudio.

Tomó en las manos un pesado pisapapeles y recordó a Jobe, extrañamente incómodo, pasándoselo de una mano a otra cuando él abrió la puerta del estudio.

–¿Quería verme, señor?

–¿Cuántas veces tengo que decirte que me llames Jobe? Hasta mis propios hijos lo hacen.

Pero él llamaba a su propio padre por su título, y tenía que inclinarse cuando entraba o salía, así que le costaba trabajo aceptar la informalidad con que se trataban los unos a los otros en la casa Devereux.

–Siéntate, hijo.

Aceptó el ofrecimiento, aunque hubiera preferido permanecer de pie. Estaba convencido de que iba a recibir una reprimenda. Tenía dieciséis años, llevaba casi uno en Nueva York, y Ethan y él habían descubierto los carnés de identidad falsos y las chicas.

–No hay un modo fácil de decirte lo que te tengo que decir –empezó Jobe tras aclararse la garganta–. Khalid, tienes que llamar a casa.

–¿Pasa algo con los mellizos?

Su madre estaba a punto de dar a luz.

–No. Tu madre dio a luz esta mañana, pero las complicaciones fueron con ella. No pudieron recuperarla, Khalid. Siento mucho decirte esto, pero tu madre ha fallecido.

Fue como si el estudio se hubiera quedado sin aire y, a pesar de que intentó no demostrarlo, sintió que no podía respirar. No podía ser. Su madre era una mujer tan vitalista que, a diferencia de su padre, siempre reía y amaba la vida… La reina Dalila era la razón por la que él estaba en Nueva York.

—Llama a tu casa —repitió Jobe—. Dile a tu padre que podemos irnos ahora mismo al aeropuerto y que yo te acompañaré hasta Al-Zahan.

—No —respondió él. Jobe no entendía que él tenía que llegar a bordo del avión real—. Pero gracias por el ofrecimiento.

—Khalid —Jobe suspiró, exasperado—, se te permite estar afectado.

—Con todo respeto, señor, sé bien lo que se me permite. Llamaré al rey ahora mismo.

Khalid esperaba que le dejase intimidad, pero, en lugar de eso, Jobe hizo algo que nunca se habría esperado: apoyó los codos en la mesa de caoba y ocultó la cara entre las manos. Así que le había resultado duro darle la noticia, y sentía la muerte de su madre y el dolor que iba a sufrir Hussain, su hermano de dos años, y los mellizos recién nacidos.

Entonces escuchó la voz de su padre.

—*Alab* —dijo, llamándolo padre.

Un error.

—Antes soy tu rey —le recordó—. No lo olvides nunca, ni siquiera por un instante, y sobre todo en los tiempos difíciles.

—¿Es verdad? ¿Madre ha muerto?

El rey le confirmó la noticia, pero también le dijo que encontraba consuelo en el hecho de que otro heredero se había salvado.

—Celebramos esta mañana que hay otro heredero al trono en Al-Zahan.

—¿Tuvo un niño y una niña?

—Exacto.

–¿Llegó a verlos? ¿Pudo tenerlos en brazos? ¿Sabía lo que había tenido?

–Khalid, ¿qué clase de pregunta es esa? Yo no estaba con ella.

Que ni siquiera se hubiera molestado en averiguar todo aquello le hundió, y un estremecimiento agónico se le escapó de los labios.

–No va a haber lágrimas –le advirtió su padre–. Eres un príncipe, y no una princesa. La gente necesita ver fuerza, y no a su futuro rey actuando como si fuera un campesino que gime y llora.

Jobe se acercó a él y le puso la mano en el hombro. Desconocía lo que se estaba diciendo, ya que la conversación era en árabe, pero su mano siguió allí posada aun después de que terminase.

–Lo siento, hijo. Lo superarás. Abe y Ethan también perdieron a su madre.

–Pero ellos le tenían a usted.

–Tú también me tienes, Khalid.

Y allí, en aquel estudio, lloró por su madre.

Durante un tiempo estuvo asustado, desesperado y triste, y Jobe se lo permitió. Él fue la única persona que lo vio llorar porque, ni siquiera siendo un niño, las lágrimas le estuvieron permitidas.

Pero para cuando el avión real llegó a buscarlo, la máscara estaba de nuevo en su sitio y jamás volvió a dejar de estarlo.

–¿Khalid?

No había oído entrar a Ethan, pero se volvió para ofrecerle sus condolencias a quien era su socio en los negocios y su amigo, aunque no se podía decir que estuviesen muy unidos.

Él no estaba muy unido a nadie.

–Gracias por venir, Khalid.

–Nunca habría dejado de asistir al funeral de Jobe.

–Me refiero a esta noche. Te lo agradezco. ¿Cuánto tiempo te vas a quedar?

–Hasta pasado mañana.

–¿Tan pronto tienes que marcharte?

–Cada vez me necesitan más en casa.

–Bueno, me alegro mucho de que hayas venido.

–Déjate de cháchara y ve al grano. ¿Qué pasa?

–Mucho –admitió Ethan–. Y no puede saberse.

–Ya sabes que de mis labios no se sabrá.

La vida de Jobe Devereux había sido interesante, por decirlo de algún modo, y de ella se había hecho eco la prensa. Sus hijos, Abe y Ethan, lo habían visto todo.

O eso creían.

–Había una cuenta de la que no sabíamos nada.

Khalid escuchó el relato de cómo Jobe tenía debilidad por el juego y las mujeres de cabaret. Al parecer, aquellos largos fines de semana en los que se ausentaba no siempre los pasaba en los Hamptons. Muchos los pasaba en Las Vegas.

La Ciudad del Pecado.

–¿Tenía deudas?

–No, no hay deudas, pero no se trataba de algo ocasional. Había muchas mujeres y… un matrimonio del que no sabíamos nada.

–¿Un matrimonio?

–Entre su primera mujer y mi madre, resulta que estuvo casado con una tal Brandy durante setenta y dos horas.

–Historia antigua –Khalid de quitó importancia.

–Es posible, pero se trata de una historia antigua que puede resurgir mañana.

–La reputación de Jobe está por encima de todo eso –contestó Khalid con mesura, intentando echar aceite en aguas turbulentas–. Y la vuestra, también. Si fuera algo reciente, sí que podría ser difícil de asumir para su compañera actual. ¿Volvió con Chantelle antes de morir?

–En realidad no, pero estuvieron juntos de manera intermitente durante unos cuantos años.

–Ethan, todo el mundo tiene un lado oscuro –le respondió Khalid con tranquilidad–. Y que Jobe tuviese amantes, o que estuviera casado brevemente, no va a ser una gran sorpresa. Jobe llevó una vida intensa y todos sabemos lo mucho que le gustaban las mujeres.

–Las mujeres, sí –Ethan suspiró, y Khalid pudo ver su incomodidad. Ahora sí que iba a escuchar la verdadera razón por la que le habían pedido que fuese antes del funeral–. Durante los últimos cuatro años, mi padre estuvo enviando una suma mensual bastante considerable a Aubrey Johnson.

Aquello sí que era una sorpresa.

–¿Jobe tenía una aventura con un hombre?

Y en aquella sombría jornada, Ethan se echó a reír.

–No, Khalid. Jobe no era gay.

–Pero Aubrey es nombre de chico.

–No. Digamos que es unisex. Desde luego, Aubrey Johnson no es un hombre.

Y le entregó algunas fotos.

No, Aubrey no era un hombre. Y casi tampoco una mujer.

Aubrey Johnson tenía una espesa melena rubia y unos expresivos ojos azules, pero sus delicadas facciones quedaban un poco desdibujadas por un maquillaje muy elaborado, con pestañas postizas y los labios muy pintados de rojo. Su menuda figura aparecía embutida en una malla roja de lentejuelas.

Y nada más.

—¿Cuántos años tiene? —preguntó Khalid, y la desilusión se hizo palpable en su voz.

Jobe tenía setenta y cuatro.

—Veintidós. Es bailarina.

—Me imagino que no te refieres a bailarina en un salón de baile.

La siguiente imagen respondió a su pregunta. Aparecía junto a un grupo de mujeres con un vestido diminuto y muy revelador y mucho maquillaje.

—Parece ser que también es trapecista —añadió Ethan mientras Khalid seguía viendo fotos—. Aunque no muy buena. La señorita Johnson vive en un aparcamiento de caravanas, y es habitual de las mesas de juego. Cuando no está actuando, parece que mi padre y ella… —no pudo terminar—. Apenas tenía dieciocho años cuando empezaron los pagos.

¿En qué demonios estaba pensando Jobe?

Khalid no se podía creer que el hombre al que tanto admiraba hubiera mantenido una relación con alguien tan joven. No. No podía aceptar algo así de Jobe.

—¿Podría haber otra explicación?

—Si la hay, estamos haciendo todo lo posible por encontrarla —Ethan movió la cabeza—. Pero no la hay.

—¿No podría ser hija suya? —insistió Khalid, reticente a pensar lo peor.

—No. Mi padre era un hombre generoso y, de haber sabido que era su hija, nunca hubiera permitido que estuviese viviendo en un aparcamiento de caravanas.

Y, si el dinero era por una razón benevolente, tenía fideicomisos y colaboraba con organizaciones benéficas. Pero los pagos a la señorita Johnson provenían de una cuenta oculta de cuya existencia no quería que nadie supiera nada.

—Es mejor que tú te hayas enterado antes de que acabara sabiéndose.

—Mira, si hay algún escándalo en ciernes, Abe y yo nos ocuparemos, pero no queremos que se sepa mañana en el funeral. Queremos que nuestro padre tenga una despedida digna.

—Por supuesto.

—Hemos entregado los nombres de estas mujeres a los de seguridad para que las mantengan alejadas de…

—No, no —lo interrumpió Khalid—. Tenéis que dejarlas entrar en el funeral.

—De ninguna manera. No vamos a convertir su despedida en un show de Las Vegas.

—Ethan, creía que me habías hecho venir para pedirme consejo.

—Sí, pero…

—¿Quieres tener una escena con las cámaras fuera de tu control?

—Por supuesto que no.

—Entonces, añade a esas mujeres a la lista de invitados. Si llegan, haz que los de seguridad las vigilen y yo les diré a los míos que estén pendientes también. Vosotros centraos en despedir a vuestro padre y no olvides que, si alguna aparece, será para presentar sus respetos, y a nadie debe negársele esa oportunidad.

—No —Ethan suspiró.

–Y deberás invitarlas a la celebración privada.

–¡No! Eso es solo para la familia y los amigos cercanos.

–No tengo que recordarte que debes mantener cerca a tus enemigos, Ethan.

–¿Y arriesgarme a que acabe convirtiéndose en un circo? –explotó Ethan, pero sabía que Khalid no ofrecía nunca un consejo sin reflexionar, así que acabó asintiendo–. Hablaré con Abe.

–Todo quedará aclarado –lo tranquilizó Khalid–. Es posible que tu padre guardase algunos secretos, pero era un buen hombre.

–Lo sé. Gracias por estar aquí. Para mi padre habría significado mucho.

–Es que tu padre significaba mucho para mí.

Y siguieron hablando de los detalles de cuanto iba a acontecer al día siguiente. El título de príncipe de Khalid se había suprimido en el servicio por expreso deseo suyo.

–¿Estás seguro de eso? –insistió Ethan cuando Khalid se disponía a marcharse.

–Completamente. Eso siempre fue lo mejor del tiempo que pasé aquí –admitió Khalid–. Nadie me trataba como un príncipe o como heredero de la corona. Aquí solo era Khalid. Mañana debes centrarte en recordar a tu padre. Yo me ocupo de los problemas que puedan surgir.

Ethan asintió agradecido, y ambos salieron del estudio.

–¿Y tú, Khalid?

–¿Yo, qué?

–Si todo el mundo tiene un lado oscuro, ¿cuál es el tuyo?

–No esperarás de verdad que te conteste a esa pregunta, ¿no?

Claro que no, porque en realidad nadie conocía a Khalid.

La prensa lo describía como un hombre al que le gustaba jugar con las mujeres, pero nada más lejos de la realidad porque él no jugaba.

A nada.

Sus emociones estaban siempre bajo estricto control y no permitía que nadie se le acercase, ni siquiera en la cama. Particularmente en la cama.

Había tomado la decisión de no tener harén. Detestaba ver cómo había sufrido su madre cuando su padre lo visitaba y cómo después la acusaba, cuando nacía otro niño, de que el problema por el que no podía darle otro heredero varón obviamente no era suyo.

Esos niños carecían de estatus y no eran considerados de la familia. Él no quería comportarse de esa manera, así que había rechazado el harén. Pero en Nueva York salía con mujeres sofisticadas y expertas que aceptaban la ausencia de ternura fingida.

Era solo sexo.

Su absoluta ausencia de afecto la pagaba con diamantes, regalos e incluso a veces, dinero puro y duro. Aquella noche, llevaba una buena cantidad en el bolsillo.

# Capítulo 2

NUEVA York, La Ciudad de los Sueños. Y para Aubrey Johnson, la ciudad de lo que podría haber sido.

Ojalá estuviera allí en otras circunstancias. Ojalá hubiera puesto el pie en Manhattan para estudiar música como siempre había soñado, pero estaba allí para decir adiós al hombre que le había dado una oportunidad.

Una oportunidad que ella no había aprovechado.

El día apenas acababa de comenzar y ya estaba cansada. Había tenido una infección de oído y el vuelo desde Las Vegas había durado toda la noche, lo cual no había ayudado demasiado.

El funeral tendría lugar a mediodía, y aunque era un evento íntimo y de muy alto perfil al que ella no había sido invitada, le daba igual. Conocía algunos trucos e intentaría colarse, pero, si no lo lograba, presentaría sus respetos desde lejos.

Le parecía importante estar allí.

En los baños del aeropuerto, se quitó los viejos vaqueros y el top para sustituirlos por un vestido negro de cóctel que le había prestado una amiga. Le quedaba un poco grande, pero lo disimularía con el chal.

Tomó el tren y el metro y, siguiendo las instrucciones que le había dado su amiga, se encontró en Manhattan, en una calle muy concurrida un brillante día de primavera.

Por un momento se quedó con la cabeza echada hacia atrás contemplando ensimismada los altos edificios, pero pronto se vio zarandeada por un mar de personas que caminaban con rapidez. Entró en unos grandes almacenes y subió una planta para tomarse algo, que bien se lo merecía, pero tenía un presupuesto muy justo para pasar el día.

Había visto en la televisión que Jobe estaba muy enfermo, y en las últimas semanas había intentado ir ahorrando un poco, lo cual no había sido fácil, ya que la infección del oído le había impedido trabajar en el trapecio, y las propinas de las mesas que servía habían bajado. Aun así, había logrado comprar dos billetes baratos de ida y vuelta para que su madre y ella pudieran asistir al funeral.

Pero su madre se había negado a ir.

Stella adoraba Las Vegas y había vivido la ciudad intensamente, pero ahora apenas salía del porche de su caravana, y siempre que hubiera caído la noche.

Intentó alargar el café que se estaba tomando y, cuando se le acabó, se tomó el antibiótico y bajó las escaleras para ir a la zona de cosmética y probarse barras de labios en el dorso de la mano, hasta que la dependienta se le acercó para preguntarle si podía ayudarla.

–Eso espero –Aubrey suspiró–. En realidad, no sé qué estoy buscando. No suelo maquillarme.

No era cierto porque cada noche, cuando salía al escenario, llevaba una gruesa capa de maquillaje, pero, si su amiga tenía razón, la dependienta se ofrecería a maquillarla. Y así fue.

Pero Aubrey dudó. No le parecía bien.

—Solo me maquillo cuando me subo al escenario —admitió.

—Entonces, ¿busca un look más natural?

—Sí, pero… —Aubrey respiró hondo. La dependienta era poco más o menos de su misma edad, y sin duda esperaba que comprase algo después y ganarse con ello una comisión—. La verdad es que no puedo permitirme comprar nada —admitió.

La joven la miró un momento y después sonrió.

—Por lo menos eres sincera. De todos modos, déjame maquillarte. Con suerte la gente vendrá a mirar y las dos saldremos ganando —la sentó en un taburete alto—. ¿Dónde vas a ir? —preguntó—. ¿Un funeral? —supuso al verla de negro.

—Sí. Un amigo de la familia. Es un evento de alto copete y no quiero llamar la atención.

—Hoy debe de ser el día de los funerales. El de Jobe Devereux, el de… —se interrumpió al ver que a Aubrey se le coloreaban las mejillas—. ¿Es ese al que vas?

Jobe era la realeza de Nueva York, y, cuando Aubrey asintió, la joven supo a qué se iba a enfrentar exactamente.

—Entonces, pongámonos a trabajar. Por cierto, me llamo Vanda.

—Aubrey.

Vanda sacó varias planchas de pelo y le alisó el ondulado cabello rubio a Aubrey antes de estudiar su rostro.

—Tienes una estructura ósea increíble.

—Tendrías que conocer a mi madre. Tenía unos pómulos maravillosos.

–¿Tenía?

Aubrey no contestó. Su madre insistía en que no se hablase de sus heridas, e incluso estando lejos de Las Vegas prefirió no referir cómo los rasgos de su madre habían quedado devastados por el fuego.

–Bueno... –continuó Vanda mientras trabajaba–, dices que llevas maquillaje en el escenario. ¿A qué te dedicas?

–Hago un poco de todo. Bailo en algunos shows, soy trapecista y...

–¡Venga ya!

–Nada glamuroso, créeme. Un poco de todo y de nada.

Un poco de todo y de nada para evitar acudir a la profesión más vieja del mundo. Y cuando debía el alquiler, cuando no había horas extras que hacer... pero su madre necesitaba las medicinas. Menos mal que había encontrado otro modo de llegar a fin de mes.

El dinero de Jobe Devereux llegaba a su cuenta con puntualidad, y con la misma puntualidad su generosa contribución se gastaba.

Le había hecho creer que estaba estudiando música y Jobe, que no sabía nada de su madre y que era un hombre muy ocupado, no lo había comprobado, pero el dinero, en lugar de en sus estudios, había acabado en operaciones, facturas médicas, fármacos, rehabilitación, más operaciones...

Incluso su madre creía que era prostituta. Nunca se lo había dicho abiertamente, por supuesto, pero era Aubrey la que se ocupaba de las facturas, y su madre nunca le había preguntado de dónde salía el dinero.

Había tenido varias ofertas, pero las había declinado todas. Lo cierto era que desconfiaba de los hombres. Su madre había trabajado de acompañante, y ella había sido el fruto, pero, cuando el trabajo de esa naturaleza comenzó a escasear, había hecho lo necesario para poder llegar a fin de mes.

Hasta que Jobe apareció en la vida de Stella, por su casa pasó un verdadero desfile de hombres, lo cual hizo que ella se volviera cínica y asustadiza en todo lo relacionado con el sexo. A pesar de los vestidos mínimos y los movimientos provocativos, nunca la habían besado, así que mucho menos todo lo demás.

—No permitas que la historia se repita —le había dicho Jobe.

Lo cierto es que a ella le aterraba esa posibilidad, aunque la necesidad iba a empezar a ser imperiosa, ya que Jobe había fallecido y el dinero dejaría de llegar.

Ese pensamiento la empujó a cerrar fuerte los ojos, lo cual no era buena idea teniendo en cuenta que le estaban aplicando *eyeliner*.

—Un segundo —dijo, y respiró hondo para intentar recomponerse.

—No te preocupes —respondió Vanda—. Ya casi hemos terminado. Solo queda un retoque en los labios.

Aubrey abrió los ojos y descubrió que una pequeña multitud se había congregado para presenciar la transformación.

Y de verdad lo era.

Vanda le acercó un espejo y Aubrey abrió los ojos de par en par al verse.

—Estoy…

—Increíble —Vanda sonrió.

—No —respondió Aubrey. Tenía que encontrar la palabra adecuada. El maquillaje era sutil, y sus ojos parecían muy grandes y azules. La boca, maquillada en un suave tono beis, proyectaba una imagen dulce, tan distinta del rojo al que estaba acostumbrada–. Estoy sofisticada.

–Vas a encajar a la perfección –dijo Vanda, y miró brevemente el vestido barato que llevaba, pero en eso no podía hacer nada–. Te daré una muestra del lápiz de labios para que puedas retocarte antes del servicio.

–No tienes por qué hacer eso.

–¿Has visto cuántas clientas tengo ahora? De verdad espero que me vaya tan bien hoy como te puede ir a ti.

Eso esperaba Aubrey porque, en el fondo, estaba aterrada.

Había multitud de personas arremolinadas allí y el control de seguridad era férreo, pero eso no la detuvo. Caminó hacia la barrera y se dirigió a un guardia uniformado.

–Mi chófer me ha dejado en un sitio equivocado –lo intentó, pero el guardia le lanzó una pregunta rápida.

–¿Nombre?

–Aubrey –musitó ella–. Aubrey Johnson.

–Espere aquí.

No iba a poder colarse. Su nombre no iba a estar en la lista de invitados. Aun así estaba acostumbrada a colarse en conciertos y cosas así, y albergaba la esperanza de encontrar una grieta en la armadura del guardia, o un grupo al que pegarse.

Pero no iba a haber tanta suerte.

El guardia hablaba por el micrófono con alguien y

sabiendo que no estaba en la lista, miró a su alrededor, intentando encontrar un punto desde el que al menos pudiera ver el ataúd. Quería decirle adiós, y no solo en nombre de su madre, sino en el suyo propio.

–Por aquí, señorita Johnson.

Al oír su nombre parpadeó varias veces mientras la cinta de terciopelo era retirada.

Tenía que ser una equivocación. Johnson era un apellido corriente.

–Siga a ese grupo –le dijo el guardia.

Aubrey lo hizo. Subió las escaleras de piedra y firmó en el libro de condolencias antes de entrar, manteniendo todo el tiempo la cabeza baja preocupada por que el guardia de seguridad se diera cuenta de su error.

Y así fue como Khalid la vio por primera vez.

Le habían alertado de que una de las mujeres misteriosas había llegado y que estaba a punto de firmar en el libro de condolencias, y examinó la fila. Pasó de largo dos veces hasta que un caballero se apartó y entonces la vio.

Por cómo la habían pintado y las fotos que había visto, se esperaba una figura menos delicada. Era menuda. Muy menuda. Tenía inclinada la cabeza y sobre los hombros llevaba un chal de encaje que sujetaba con una mano.

Khalid echó a andar hacia allí.

–Disculpe –fue diciendo a quien se interponía en su camino, y todos se apartaron. Nadie protestó, y no porque fuera un funeral, sino porque aunque estuviera recién afeitado y llevase un traje negro, emanaba de él un aire autoritario del que la gente se apartaba instintivamente.

En su país, se habrían arrodillado.

Aubrey estaba demasiado preocupada como para darse cuenta de que había movimiento en la cola.

Fue su perfume lo primero que le llegó.

Khalid siempre olía divinamente. *Al-lubān*, o incienso, mezclado sutilmente con aceite de guayacol de un árbol de palo santo que habían regalado al palacio. A esa mezcla le añadían una nota de bergamota, cardamomo y azafrán, todo mezclado en el desierto de Al-Zahan por un místico, en exclusiva para Khalid.

Era sutil pero cautivador, hasta el punto de que, cuando llegó a Aubrey, le hizo levantar la cabeza como un suricata y volverse a buscar la fuente. Un hombre mucho más alto que ella se acercó, alto hasta el punto de que al principio solo vio la corbata negra que llevaba. Luego fue subiendo a la camisa blanca, el mentón fuerte y al final… aquella mirada ardiente que le hizo olvidar todo lo que sabía.

Se olvidó de que no debía establecer contacto visual.

Y se olvidó de que ella no confiaba en los hombres.

En el momento en que sus miradas se encontraron, simplemente, lo olvidó todo.

La expresión de Khalid permaneció impasible, aunque había sentido de inmediato su atractivo. Desde sus ojos de porcelana azul hasta su boca lujuriosa y carnal, resultaba cautivadora. Llevaba mucho menos maquillaje que en aquellas fotos de mal gusto. Quizás solo sobrase un poco de colorete, pero Aubrey era de verdad excepcionalmente hermosa. Era fácil comprender cómo un hombre podía prendarse de ella.

A él no le iba a pasar.

–Creo que te toca firmar –le dijo.

Su voz era honda, rica y acentuada, y sus palabras no tuvieron sentido para ella durante un instante, pero al final lo recordó. ¡El libro de condolencias! Tomó una pesada pluma de plata. La mano le temblaba al escribir su nombre.

*Aubrey Johnson*

En cuanto a su dirección… mejor poner solo Las Vegas. ¿Y el mensaje? ¿Qué podía decir?

«Gracias por hacer que mi madre se sintiera como una reina, por los viajes y los momentos divertidos…»

Eso no podía ponerlo. La larga relación que había sostenido con su madre había sido mantenida en secreto.

«Gracias por creer en mí…»

Le habría gustado escribir eso, pero no podía hacerlo. O…

«Siento haberte mentido».

Jobe había insistido en que aprovechara la oportunidad y que no siguiera el camino del resto de la familia, ya que tanto su madre como su tía Carmel se ganaban la vida de la misma manera. ¿Le perdonaría que se hubiera gastado el dinero de la beca en los cuidados médicos de su madre? Nunca lo sabría.

*Queridísimo Jobe, gracias por todo. Fuiste maravilloso. Besos.*

Khalid se acercó a leer lo que había escrito, y la idea de que pudiera haber estado con Jobe le revolvió el estómago. Tomó la pluma y escribió lo que habría escrito antes de que sus ojos se hubieran encontrado con los de Aubrey.

*Allah yerhamo.*

Que Dios se apiadara de él.
Esas palabras le parecían más pertinentes.

# Capítulo 3

AUBREY fue conducida a un banco y sonrió a una mujer excesivamente arreglada antes de sentarse a su lado y contemplar el ataúd de madera oscura cubierto por una enorme cantidad de rosas rojas.

Los ojos se le llenaron de lágrimas al pensar en aquel hombre único y tan querido. Y claramente no era ella la única que lo pensaba. Nunca había visto un despliegue como aquel. La congregación que se había reunido allí para despedirle era bastante ecléctica: desde *kippahs* a *hijabs*. De uniformes militares a personal médico, además de la élite de la policía de Nueva York y, sin duda, unos cuantos delincuentes.

Su mirada fue a posarse en la última persona en entrar. ¿Cómo no? Todo el mundo la miraba.

Era una mujer toda piernas y, aunque vestida de negro, a la altura del escote había bastante carne a la vista. El pelo, rubio de bote, lo llevaba recogido hacia atrás, y en los hombros lucía una boa de plumas que, al igual que su dueña, había conocido mejores días.

La conocía. Estaba segura. Intentó recordar su nombre. Brandy. Eso era. Una leyenda de Las Vegas de la época de su madre, una corista que ahora tenía una escuela de baile.

La congregación pareció contener el aliento al unísono, pero ella no se inmutó, sino que siguió caminando con sus interminables piernas hasta llegar al banco situado justo detrás del de Aubrey.

Al volverse a mirar, reconoció a otra de las mujeres. Y tras dedicar otra mirada a la que tenía al lado, se preguntó si no sería otra de las ex de Jobe. Por eso la habían colocado también a ella en aquel banco. ¡Dios bendito! ¡Todo Las Vegas estaba en aquella iglesia!

Sintió ganas de echarse a reír, pero cuando se cubría la boca con la mano sintió que la estaban observando, y se encontró con los ojos de aquel sorprendente desconocido.

Verdaderamente era un hombre tremendamente guapo. Más que cualquier otro que hubiera visto. Estaba sentado en una de las filas reservadas a la familia. Exquisitamente vestido, con el brillante cabello negro peinado hacia atrás, Aubrey examinó sus facciones. Piel del color del caramelo, nariz aquilina, pómulos prominentes suavizados por una boca sensual pero seria.

Alguien habló con él y apartó la mirada, pero ella parecía haberse quedado como en trance y era incapaz de dejar de observarlo.

Ethan y Abe habían llegado acompañados por sus sofisticadas esposas, que ella había visto en las revistas. ¿Qué relación tendría con la familia aquel guapo extranjero? No se habían saludado calurosamente, pero todos parecían sentirse aliviados al verlo.

La compañera de Jobe, Chantelle, se sentó. Los diamantes con que se adornaba la hacían brillar, y el abrigo negro que llevaba era el lienzo perfecto para la melena dorada más impresionante, tan perfecta que el ojo experto de Aubrey le hizo sospechar que se trataba de una peluca.

Sí, ella sabía más de Chantelle que el resto del clan Devereux. Aquella mujer había sido la razón de que Jobe pusiera fin a la relación con su madre.

El servicio comenzó enseguida y resultó muy conmovedor, tanto que sintió que los ojos se le llenaban de lágrimas. Pero no debía llorar allí. No quería llamar la atención. Abe había leído el panegírico y Ethan un poema, y en aquel momento el sorprendente extranjero se levantó.

Iba a hablar.

Dios, qué alto era. Y su traje negro, entre otros cientos de trajes negros, sobresalía por su espléndido corte y lo bien que le sentaba. Cuando movió el micrófono para ajustarlo a su estatura, vio que llevaba gemelos, algo a lo que ella no estaba acostumbrada.

Tardó en hablar unos momentos, y el silencio se hizo tan denso que incluso un bebé que lloraba dejó de hacerlo. No llevaba notas.

–Jobe me abrió las puertas de su casa un Día de Acción de Gracias –comenzó–. Estudiaba con Ethan, que fue quien me dijo que su padre había insistido en que no pasara el día solo. Todos conocemos el poder de la calurosa bienvenida de Jobe. Era un hombre generoso y considerado en muchos sentidos, y a juzgar por las sonrisas que he visto hoy aquí, hizo felices a muchos. Sin embargo, sé que no me perdonaría si no dijera también que era cortante, implacable, arrogante…

La gente se echó a reír, y Aubrey agradeció tener la oportunidad de observar un poco más a aquel hombre tan sorprendente que había hecho reír a la congregación pero que permanecía serio.

Parecía totalmente sereno, controlado. Puede que incluso distanciado. Sin embargo, sus palabras eran como una caricia necesaria al final de un día agotador, algo a lo que aferrarse para no desmoronarse.

–Jobe ayudó a muchas personas a encontrar su propia luz –continuó, y los recuerdos acudieron a ella en tropel.

Vacaciones. Su madre feliz, riendo. El violín que le compró a ella seguía siendo su posesión más preciada.

Estaba tan convencida de que no iba a llorar que no había llevado pañuelo, pero, cuando Khalid leyó un poema en árabe, se vino abajo. No pretendía llamar la atención. Solo quería presentar sus respetos a Jobe, pero las flores, la gente, los recuerdos de días mejores… antes de Chantelle. Antes de que el fuego destrozara la cara de su madre. Antes, cuando aún tenía sueños.

«Antes».

Y mientras Khalid traducía el poema, la miró.

Volvía a tener la cabeza baja, pero se la veía nerviosa, buscando algo con lo que enjugarse las lágrimas y recurriendo al final a su chal, y deseó poder acercarse a ella para ver si estaba bien. Era una ridiculez, desde luego, pero no le gustó verla allí sentada tan sola y tan angustiada. Menos mal que una de las mujeres de Las Vegas sacó un pañuelo de su generoso escote, tocó el hombro de Aubrey y se lo entregó, dejando allí su mano en el hombro a modo de consuelo.

Lo mismo que Jobe hizo por él en una ocasión.

Pero su voz no tembló, ni se volvió más ronca mientras traducía el poema a la perfección.

Al fin y al cabo, tenía ya treinta años, y con dieciséis había leído el panegírico en el funeral de su madre ante los líderes del mundo. Había sido formado para acometer esa clase de tareas desde la cuna y para él estaban ya en su naturaleza.

Bajó del atril, inclinó la cabeza ante el féretro y ocupó su sitio junto a la familia.

Impecable.

Intachable.

Cerrado.

Khalid se alojaba en el mismo hotel en que se celebraba el velatorio, y tras el servicio tomó el ascensor para subir a su suite.

Enseguida bajaría para recibir a los invitados y para estar alerta, como había prometido a Ethan que haría, pero por el momento iba a tomarse unos minutos de soledad.

Era el final de una era. No solo el fallecimiento de Jobe, sino el tiempo que él había pasado en aquella increíble ciudad.

A su padre nunca le había parecido bien que estuviera allí, pero su madre había insistido. Utilizaba su jet como otros el taxi, y sin embargo, el tiempo que pasaba allí se iba reduciendo. Los hermanos Devereux y él estaban construyendo un hotel en Al-Zahan, lo cual le ocupaba muchísimo tiempo, y dado que no tardaría en casarse y asumir más deberes de la casa real, los viajes cada vez serían menos.

Aquellos días se sentía inusitadamente melancólico, pero es que contemplar la ciudad de Nueva York en primavera la traía a la memoria la pérdida de su madre. Podría respirar y ser feliz, le decía su madre, hasta que el deber lo reclamase para siempre, y su corazón había empezado a derretirse bajo el perezoso sol de Nueva York cuando ella falleció.

¡Cuánto la echaba de menos!

Su teléfono vibró. Por una vez no era el palacio, sino Ethan, que quería saber dónde estaba. Consciente de sus deberes, sacó unos billetes para la propina de los conductores y el personal del bar y bajó al velatorio.

En esencia, había sido invitada la misma gente de lo más selecto del Upper East Side, pero Aubrey se llevó una gran sorpresa cuando se encontró conducida a un coche negro que la llevó a un hotel, en concreto a una sala reservada con el cartel *Acto Privado*.

Brandy y las demás se habían adueñado del bar, y Aubrey se estaba preguntando si no estaría mejor con ellas.

Los camareros iban y venían con bandejas de bebidas y comida de aspecto apetecible, pero Aubrey no quiso tomar nada. Tenía el estómago hecho un nudo, y las manos demasiado inestables para poner en ellas una copa de cristal.

Sentía las miradas que le lanzaban y que le hacían arder las mejillas. Había hecho lo posible por no llamar la atención, pero entre aquella élite era imposible. El vestido de su amiga tenía una cantidad excesiva de poliéster y le quedaba un poco grande, lo mismo que los zapatos, también de su amiga. La gente charlaba en voz baja, pero ella estuvo sola hasta que un caballero se le acercó.

–¿De qué conocías a Jobe? –le espetó, sin preocuparse de medir las palabras.

–Lo siento, pero no he entendido su nombre.

El tipo enrojeció mínimamente y volvió junto a su mujer.

Chantelle iba recorriendo la estancia dando las gracias a todo el mundo por su asistencia, aceptando condolencias mientras compartía pequeñas anécdotas, pero evitó encontrarse con ella.

Estaba planteándose si debería irse cuando una mujer muy elegante se acercó y con una mueca parecida a una sonrisa le lanzó:

–Creo que sus amigas están todas en el bar.

Aquello fue la gota que colmó el vaso. Decidida ya a marcharse, avanzaba hacia la puerta, pero la casualidad quiso que los hermanos Devereux, que estaban charlando con un grupo, eligieran aquel momento para darse la vuelta. Se encontró cara a cara con uno de los hijos de Jobe que por las revistas sabía que se llamaba Abe.

–Señorita Johnson –la saludó con una mínima sonrisa, y aunque le estrechó la mano, sus ojos negros enviaban precisamente el mensaje contrario y bien claro: «No eres bienvenida».

–Siento mucho su pérdida –ofreció ella, sorprendida de que conociera su nombre y comprendiendo que no había sido casualidad que le permitieran entrar en el acto. Quizás supieran lo de su madre y Jobe–. Ha sido un servicio precioso.

Él no respondió.

–Yo ya me marchaba.

–Quizás sea lo mejor.

Dios…

Khalid se materializó a su lado, como si fuera un guardia de seguridad, y eso la enfadó. Era evidente que pensaban que causaría problemas o que no era lo bastante buena para estar allí.

Sintió la tentación de tomar una de las copas de la bandeja del camarero que pasó en aquel momento, solo para tirársela a Abe a la cara antes de decirle que su padre jamás la había mirado a ella, o a su madre, con semejante desprecio. De pronto estuvo harta de los Devereux, de sus mentes estrechas, cansada de que la mirasen como si hubiera entrado con barro en los zapatos.

Khalid estaba notando la tensión que crecía en ella, y se preguntó si se lo merecía. Al fin y al cabo, había sido muy educada y discreta, y era evidente que iba a marcharse.

Pero también para eso era ya tarde. Chantelle se había acercado.

Nunca había llegado a ser la esposa de Jobe, y eso la amargaba. Iba peinada con la perfección de siempre, pero tenía las mejillas enrojecidas por el champán, y, si los diamantes podían llegar a ser demasiados, ese era el caso de Chantelle.

—Creo que no nos conocemos —se dirigió a Aubrey—. Soy Chantelle, la novia de Jobe.

Khalid apretó los dientes. Chantelle había salido con Jobe en muchas ocasiones, sí, pero la mantenía a una prudencial distancia.

—Soy Aubrey —dijo ella, ofreciéndole la mano—. Siento mucho su pérdida.

No se la estrechó.

—Lo correcto en estos casos —susurró Chantelle— es decir quién eres y qué relación te unía al difunto.

–Oh, lo siento –respondió Aubrey. No estaba dispuesta a dejar ver lo aterrada que se encontraba–. No estaba al tanto de ello. Es mi primer funeral.

Khalid, que rara vez sonreía, y menos en un día como aquel, se encontró conteniendo una sonrisa, viendo cómo había esquivado la demanda de más información.

Pero Chantelle llevaba una semana sin poder acceder a las conversaciones de los Devereux y sus abogados, una semana en la que se le había dicho que le permitían estar con la familia en el servicio, pero que no formaba parte de ella.

Los Devereux eran unos bastardos con todo aquel que no pertenecía a su grupo y Aubrey, sola, estaba en el ojo del huracán.

–¿De dónde vienes, Aubrey? –le preguntó Chantelle, acertando en que no era del East Side.

–De Las Vegas.

–Oh.

«Sí. Oh».

«Pero... ¿cuántos años tiene?», gritaban los ojos de Chantelle.

–¿Sueles venir por Manhattan?

–Es mi primera vez.

–¿Y cómo conociste a Jobe?

«Tuvo una larga relación con mi madre», fue lo que le habría gustado decir. «La adoraba y la trataba como a una reina. Jugaban al strip póquer en nuestra caravana. No cuando yo estaba con ellos, claro. Jobe era un caballero. Uno de los de verdad. De eso me enteré el otro día, mientras mi madre hablaba de sus recuerdos. Pero estaba allí mientras él bebía whisky barato y mi madre cocinaba alitas de pollo picantes.

Eran su plato favorito, aunque supongo que tú no lo sabes».

«Me ayudaba a hacer los deberes. Podrías retorcerlo y hacer que suene horrible, pero nunca lo fue. Nos llevó a Disney y a ver la presa Hoover, y fuimos en helicóptero por el Gran Cañón. Se querían, y mi madre nunca aceptó ni un solo céntimo suyo. Ni cuando se quemó y quedó tan destrozada que no siquiera podía pagarse las facturas médicas, pero no quiso que él lo supiera. Quería que la recordase como la belleza que había sido y el amor que una vez se profesaron».

Por supuesto, no dijo nada de todo aquello.

Tenía el depósito vacío, no había dormido, y de pronto se sintió un poco enferma y con unas terribles ganas de llorar.

—¿Se puede saber quién eres? —explotó Chantelle.

Todas las miradas estaban puestas en ella. No sabía qué decir, y estaba echando a perder la decisión de asistir al funeral. El corazón se le había mudado a la garganta y quería dar media vuelta y correr.

Khalid estaba sintiendo su agonía allí, ante la inquisición, y aunque lo que le correspondía era proteger a los Devereux de Aubrey, su instinto le empujó a protegerla a ella de ellos.

—Aubrey ha venido conmigo —dijo.

Aubrey parpadeó varias veces, pero no se atrevió a mirarlo. Pero sí vio a Chantelle pasar del enfado a la confusión y después a la vergüenza.

—Oh… tengo que disculparme. No lo sabía.

—¿Por qué ibas a saberlo, Chantelle? —respondió Khalid—. Nunca hablo de mi vida privada.

—¿Y cuánto tiempo hace que los dos…? —persistió

Chantelle, pero él no iba a dejarse interrogar por nadie, así que se volvió a Aubrey.

–Vamos –le dijo.

Qué alivio tan tremendo fue salir de allí con Khalid al lado sintiendo que no podían hacerle daño. Le gustaba que no hubiese intentado darle la mano o rodearle la cintura con un brazo por el mero hecho de que el escenario que había creado se lo habría permitido.

–Gracias –le dijo al llegar al vestíbulo.

–No hay problema.

–Es que no sabía qué decir...

–A mí no tienes que explicarme tus asuntos con Jobe.

«¿Asuntos?». La elección de esa palabra le hizo fruncir el ceño porque no sabía qué quería decir.

–Bien, gracias de nuevo.

Y le ofreció la mano. Ahí estuvo su error, porque él no se la estrechó, aunque no por el motivo que se habría podido imaginar.

–¿No es un poco formal teniendo en cuenta que se supone que somos pareja? Chantelle está mirando.

–Ah, sí –asintió Aubrey, y los nervios le hicieron decir la mayor estupidez que se le habría podido ocurrir–. Quizá debería haberte besado.

–No será necesario.

Aubrey se sonrojó, pero él la salvó diciendo:

–Aubrey, aunque fueras mi pareja no habría afecto entre nosotros, y Chantelle lo sabe.

–Oh. Así que nada de muestras públicas de afecto. Tomo nota.

«No. Nada de afecto. Punto». Estuvo a punto de decírselo, pero eso les habría conducido a un terreno peligroso. Estaban en un vestíbulo concurrido, pero era como si estuvieran los dos solos. Había una especie de calor en el aire, una especie de conexión demasiado intensa para compartir con una desconocida en un velatorio, además teniendo en cuenta que no era su tipo de mujer.

Y Aubrey allí, de pie, descubrió que quería saber cómo se llamaba su perfume, o qué tacto tenía la seda de su traje. Ojalá le hubiera pasado el brazo por la cintura para saber cómo era tener contacto físico con aquel hombre tan imponente. Para ella todas esas sensaciones eran tan desconocidas que sintió la imperiosa necesidad de salir de allí, y volvió a darle las gracias.

–Un placer –contestó él.

Un placer tan raro que Aubrey hubo de sentarse en una de las sillas del vestíbulo para hacer acopio de la energía que iba a necesitar para el viaje de vuelta a casa.

Bueno, a casa no. Iba a tener que pasar la noche en el aeropuerto. Se estaba preguntando cuánto tiempo podría alargar el quedarse allí sentada antes de que la echasen cuando vio acercarse sus piernas en aquel traje oscuro y sin alzar la mirada supo que era él.

–¿Estás bien?

–Sí. Solo necesitaba sentarme.

–¿Te alojas en la ciudad?

–No. Voy al aeropuerto –dijo ella, algo desconcertada al ver que se sentaba a su lado.

–¿A qué hora es tu vuelo?

–A las nueve.

No añadió que a las nueve, pero de la mañana siguiente.

–Es que estoy un poco cansada.

–¿Será porque no has comido?

–Sí he comido. Había un montón de comida en…

–No –la cortó Khalid, sorprendiéndose a sí mismo por haber reparado en que no había aceptado nada de cuanto le habían ofrecido los camareros–. No has comido nada.

–Es cierto. Es que tenía un nudo en el estómago.

–¿Quieres que pida que te traigan algo…?

Estaba a punto de levantarse, pero ella le detuvo.

–No, de verdad, estoy bien. Solo un poco cansada. He tenido una infección de oído y me he pasado la noche en el avión para venir hasta aquí.

Khalid entendía bien que no todo el mundo viajaba como él. La vio ponerse en pie, y miró sus zapatos. Le quedaban un poco grandes. Y se había puesto muy pálida.

–Bueno, ha sido un placer conocerte –se despidió Aubrey, y lo único que supo Khalid era que no quería verla marcharse cansada, hambrienta y triste.

–Espera –la llamó y, claro, ella se dio la vuelta. Ahora tenía que encontrar una razón para haberla llamado–. Aubrey, ¿quieres irte a la cama?

Vio que sus ojos azules desconfiaban y comprendió que había malinterpretado sus palabras. Y no podía culparla porque incluso él tenía dificultades para calificar lo que acababa de decir.

–Perdona. Lo que quería decir es que mi suite va a estar vacía durante un par de horas –ella abrió los ojos de par en par–. Tengo que acompañar a la familia hasta su casa, luego quedarme a tomar algo y, por supuesto, a diseccionar quién era quién en el funeral…

–Quién era yo, por ejemplo.

–Ya les he dicho que estás conmigo –respondió él. No se podía creer que le hubiera ofrecido su suite. Ni siquiera los amantes tenían esa libertad–. Eres bienvenida a utilizar mi habitación durante un par de horas antes de irte al aeropuerto.

Lo de tumbarse un rato sonaba a música celestial, pero tampoco había nacido ayer.

–No creo que…

–Tú decides –la interrumpió él–. No creo que vuelva pronto esta noche, así que tendrás tiempo de descansar un poco.

–¿Por qué ibas a hacer algo así?

–Mi función hoy aquí es ocuparme de los amigos de Jobe, y creo que tú eres una de ellos.

–Pero ¿por qué ibas a confiar en mí?

–¿Confiar?

–Podría robarte y llevarme lo que tengas en la habitación.

–¿Y por qué ibas a hacer eso?

Parecía tan comedido, tan contenido… era como si nada pudiera descentrarlo, y lo sorprendente era que no la desconcertara a ella. Por supuesto que desbordaba sus sentidos, y era más masculino que cualquier otro hombre que hubiera conocido, pero no había ni un ápice de miedo aparente, y aunque irse a la cama de un desconocido podía parecer una locura, era mejor qué duda cabía que tirarse en el suelo del aeropuerto. Además, había nacido con un radar incorporado.

Así era como había sobrevivido.

Con Khalid no había banderas rojas que avisaran del peligro y Jobe tenía una altísima opinión de él.

Había algo más. Aquel hombre la intrigaba. Por el modo en que había intervenido para salvarla del interrogatorio. Y ahora, descanso.

Ella no confiaba en los hombres.

Cuando era pequeña, su madre le decía que pusiera una silla contra la puerta del dormitorio por las noches, y siendo no mucho mayor, había tenido que subirse a un taburete para sacar hielo y aplicarlo a las heridas de su madre.

Khalid hacía que bajasen sus defensas, pero es que quería confiar en aquel hombre.

–Gracias –dijo con la voz un poco ahogada–. ¿Estás seguro?

–Por supuesto –contestó él, entregándole la tarjeta de su suite e indicándole el piso–. Si cuando vuelva ya te has ido…

Se vio interrumpido por alguien llamándolo por su nombre.

–¡Khalid!

–Sí, Chantelle.

Y elevó los ojos al cielo antes de volverse. Había compartido con ella su irritación.

Era como si le hubiera entregado el mismísimo sol.

–Volvemos a casa –dijo Chantelle–. Aubrey, espero que vengas…

Ahora eran las mejores amigas. Khalid se ocupó rápidamente de la invitación.

–Aubrey no va a venir. Le duele la cabeza –la miró a los ojos y, en lugar de sol, le ofreció oro–. Descansa.

Y así de fácil fue para Aubrey escapar.

# Capítulo 4

TOMÓ el ascensor al piso indicado y, tras abrir la puerta, Aubrey entró en el paraíso.

Al otro lado de unos ventanales rematados en forma de arco, Central Park lucía verde y lujurioso contra un cielo intensamente azul, pero esa imagen tendría que esperar a que inspeccionase el resto.

Había sofás de terciopelo azul alrededor de una gran chimenea labrada, y los techos eran tan altos que tuvo que mirar hacia arriba para contemplar el tragaluz que atrapaba la luminosidad de última hora. Había adornos y una botella de cristal con licor, como si alguien viviese allí, y no fuera solo un huésped de un par de noches.

Ya había oído hablar de habitaciones así. Su tía Carmel había visitado en una ocasión la suite de un ático y aún seguía hablando de ello como si hubiera ocurrido un par de días antes, aunque por supuesto ella no estaba allí por las mismas razones que su tía…

¿Y Khalid la había dejado quedarse en un sitio así?

Continuó paseándose y se asomó a su dormitorio. Aquella enorme cama debía de ser en la que la había invitado a descansar. Ni siquiera se le ocurrió pensar que podía haber una habitación de invitados tras una de las muchas puertas.

Entró. La habitación contaba con una terraza privada y Aubrey salió del silencio al runrún del tráfico y la gente.

Miró hacia la Quinta Avenida y supo, porque se lo había dicho su madre, que Jobe vivía en aquella misma calle.

O había vivido.

Había hecho bien en ir a despedirse de él. No es que fuera el padre que no había tenido, pero sí lo más parecido que ella había conocido. Y, cuando rompió con su madre, no se había alejado también de ella.

—Aprovecha la oportunidad —le dijo—. Tienes talento, Aubrey. No permitas que la historia se repita.

Lo que no iba a tardar en ocurrir…

Las facturas empezaban a amontonarse y ella no ganaba demasiado en el trapecio. Era buena, pero no brillante como otras chicas, y no sabía hacer nada más. De haber podido ir al conservatorio, quizá estaría labrándose una carrera, pero incluso aquello parecía un sueño imposible porque, ¿cómo iba a haber podido abandonar a su madre?

Entró de nuevo en la habitación, cerró la puerta de cristal y se quitó los zapatos. Había un reloj de oro en la mesilla y lo tomó en la mano. Debía de ser el equivalente a un par de años de salarios y propinas. O más.

Se sintió culpable por tocarlo y lo dejó donde estaba. Al lado había un fajo de billetes cuya contemplación le cerró la garganta, y no solo el montón de billetes, sino el clip de brillantes que lo sujetaba.

Allí, de pie, en medio de aquel mundo de abundancia, con su ropa prestada, deseó haber tenido valor para comer algo. Seguramente podría llamar al servicio de habitaciones sin que nadie se diera cuenta o le importara, pero a ella sí que le importaba.

Tomó una pieza de fruta de un precioso frutero y se preguntó si a él le importaría que se diera una ducha, pero, al entrar en el baño, se quedó con la boca abierta.

Era increíble, con unos magníficos suelos y paredes de mosaico, una ducha gigantesca y una gran bañera, junto a la que había una pequeña tarjeta que le recordaba que podía llamar al número 71 para que se ocupasen de llenársela.

Eso le hizo sonreír. No llamó al número, pero sí llenó la bañera añadiendo aceites perfumados al agua. Tardó años en llenarse, pero Aubrey mientras tanto se comió otra manzana y se quitó el maquillaje con unos aterciopelados algodones y crema limpiadora, todo ello proporcionado por el hotel.

Intentó no tocar sus cosas, excepto… había una botellita de plata labrada y la curiosidad le hizo destaparla. Aquel era su maravilloso perfume, y aunque sintió deseos de respirar hondo, volvió a taparla.

Aubrey se dio su primer baño.

Burbujas y aceites a los que no pudo resistirse.

Pensó que no iba a desear salir nunca de allí, y estaba ya toda sonrosada cuando por fin se decidió a hacerlo y se envolvió en un grueso albornoz blanco.

Estaba tan cansada… si se dormía un par de horas, la noche en el aeropuerto resultaría mucho más soportable.

Puso la alarma en el teléfono y cerró las cortinas para que no entrase ni un rayo de luz. No quería deshacer la cama, de modo que se colocó sobre la colcha en un lado, pero, aunque estaba muy cansada, el día había estado demasiado lleno de acontecimientos como para desconectar.

Se había imaginado que no lograría entrar a la iglesia, y desde luego no esperaba que la conocieran por su nombre. ¿Sabrían algo de la relación de su madre con Jobe? No podía ser. Jobe había sido tajante en ese sentido. Nadie debía saberlo. Eso había sido lo que les había hecho romper al final: se avergonzaba de su relación y prefería que lo vieran con Chantelle y su peluca del brazo.

No sabrían nada de su madre y Jobe, pero sí del dinero. ¿Y si querían saber cómo se había gastado? ¿Y si pensaban que había engañado a Jobe? En el fondo había sido así, y esa certeza le devoraba el alma.

Fue en compañía de ese incómodo pensamiento como se quedó dormida.


Y eso fue lo que Khalid se encontró al entrar.

Pensó que se había marchado, ya que no obtuvo respuesta al llamar a la puerta de la habitación de invitados, y al asomar la cabeza, vio la cama vacía.

Aubrey Johnson se había marchado, y quizás eso fuera lo mejor. Comprendía bien por qué Jobe había caído bajo su hechizo porque, aunque habían pasado unas horas desde que la conoció, seguía presente en su pensamiento.

Dejó la chaqueta en una silla y se quitó los zapatos, los calcetines y la corbata.

Khalid casi nunca bebía, pero en días como aquel una copa no estaba de más. Se quitó también el cinturón, los gemelos y la camisa.

Así estaba mejor.

Miró el teléfono. Se había corrido la voz de que estaba allí, de modo que tenía un buen puñado de ofertas de compañía. Quizás fuera la última noche que pasara en Nueva York soltero, pero no tenía deseo aquella noche.

Ni la anterior.

O quizás tuviera un deseo un poco raro. Recordó el rubor extendiéndose por las mejillas de Aubrey y, aunque ni siquiera la había tocado, se sentía como si lo hubiera hecho y deseó probar el sabor de sus besos y saber qué ruido hacía al llegar al orgasmo.

Normalmente esos detalles le importaban un comino.

Mejor darse una ducha y consultar de nuevo el teléfono. Pero cuando abrió la puerta de su dormitorio, antes incluso de que la hoja se hubiera abierto del todo, supo que ella seguía allí.

La habitación estaba a oscuras y, cuando entró, sintió la suave presencia de otra persona.

Aubrey estaba profundamente dormida.

Encendió una pequeña luz auxiliar. Estaba acurrucada sobre la cama y parecía increíblemente serena. Ojalá él se sintiera igual. El día había sido duro, más duro de lo que se había imaginado.

–Aubrey –la llamó con suavidad, pero no obtuvo respuesta–. Aubrey –la llamó de nuevo, y ella abrió los ojos–. Creía que tu vuelo era a las nueve.

Fue un alivio que la llamase por su nombre porque tenía la sensación de estar soñando, y cuando abrió los ojos le costó un momento orientarse. La cama era como una nube y allí estaba Khalid, con el torso desnudo, de pie delante de ella.

–No he debido de oír la alarma del teléfono.

–¿Has perdido el vuelo?

–No –se incorporó y él encendió otra luz–. Me he dado un baño. Espero que no te importe.

–Claro que no. ¿Has comido algo?

–Fruta, gracias. ¿Qué tal en la casa?

Khalid fue a decirle lo incómodo que había sido. Cómo Chantelle parecía decidida a no marcharse. Pero él no hablaba de su vida privada, y menos aún de la de otros.

–Todo ha ido más o menos como cabía esperar.

Su dicción era excelente, pero Aubrey tuvo la sensación de que se perdía algún matiz en la traducción, o que se contenía.

De nuevo aquella palabra… «contención».

Lo que no podía saber era que Khalid estaba siendo mucho más abierto que de ordinario.

–Jobe me dejó esto –dijo, mostrándole el pisapapeles que Ethan le había dado aquella noche.

–Es precioso. ¿Qué es?

–Un pisapapeles –respondió Khalid, entregándole la piedra.

–Quiero decir que de qué está hecho.

–No lo sé. Aubrey, ¿por qué no te has metido en la cama?

–Porque no quería deshacértela.

–Ah. Tiene sentido. Pero hay una habitación de invitados.

–¿Hay una habitación de invitados? –exclamó ella, levantándose–. ¡No tenía ni idea! Nunca había estado en un sitio como este. Quería dejarlo todo como estaba…

–No pasa nada –Khalid sonrió.

Y sonrió de verdad. Era la primera vez que le veía el gesto y resultó tan inesperado y agradable que Aubrey tuvo que mirar para otro lado.

Estaba desnudo de cintura para arriba y el resultado era divino. Acercó la piedra a la luz para ver los matices.

—Iba a ser su regalo de boda, pero se quedó sin tiempo —explicó él.

—¿Te casas?

¿Por qué se sentía desilusionada?

Él asintió.

—Aunque aún no han elegido a mi novia.

—Eso está bien.

—¿Está bien?

—No tendrás que darme explicaciones si se presenta.

Khalid no sonrió. Ni siquiera se dio cuenta de que era una broma.

—¿A qué hora es tu vuelo?

—A las nueve de la mañana.

—¿Dónde te alojas?

—En ninguna parte. Me quedaré en el aeropuerto.

Khalid la miró un momento. Él no acogía mascotas perdidas, y no iba a ofrecerle la habitación de invitados, pero descubrió que con ella era fácil ser amable.

—¿Quieres cenar antes de marcharte?

—¿Cenar?

—Bueno, yo tengo que comer y supongo que tú también. Vas a tener unas cuantas horas que rellenar.

—Ah.

Aubrey no sabía qué decir.

—Perdona —se corrigió él—. Sería un placer para mí que vinieras a cenar conmigo, Aubrey.

Estaba a punto de rechazar el ofrecimiento, pero aquel hombre tan circunspecto la hacía sonreír.

—Me encantará —contestó, y le dio un vuelco el corazón, pero ella lo apaciguó rápidamente. Aquello no era una cita, le dijo. No lo era.

–Mi chófer puede llevarte después al aeropuerto, así que llévate tus cosas. Si me disculpas, tengo que hacer una llamada antes de que nos vayamos.

Aubrey dejó el pisapapeles, se bajó de la cama y recogió todas sus cosas mientras le daba las gracias porque la hubiera dejado quedarse allí.

–Has sido muy amable, de verdad. Estaba agotada.

–Los funerales suelen tener ese efecto.

–¿Sí? Es el primero al que asisto.

–Entonces eres… –iba a decir «afortunada», por no haber perdido a nadie cercano aún, pero entonces la vio recogiendo sus cosas y esa palabra no le pareció la más adecuada–. Lo has hecho bien.

–¿Tú crees? –preguntó ella con un zapato en la mano–. Yo creo que he hecho un poco el ridículo echándome a llorar.

–No.

Lo dijo como si hubiera pensado en ello, como si su respuesta fuese meditada. Poca gente era capaz de tranquilizar a alguien con una sola palabra, pero él lo logró.

–Prepárate –dijo, y, cuando cerró la puerta a sus espaldas, Khalid respiró hondo.

Ella era el enemigo. No el suyo, por supuesto, pero sí que podía causarles problemas a los Devereux, ¿y la invitaba a cenar? Había prometido echarle un ojo, sí, pero incluso él sabía que esa vigilancia no se extendía hasta ese punto.

Y además, en aquel momento, no estaba pensando en cenar.

# Capítulo 5

AUBREY seguía sin tener ni idea de dónde estaba la habitación de invitados, así que se fue con todas sus cosas en los brazos a un aseo en el que poder arreglarse para su primera cita, que no lo era.

El vestido quedaba mejor sin el chal negro y las medias, y se peinó un poco. No tenía mucho con lo que trabajar, pero encontró la muestra del lápiz de labios que Vanda le había dado y una máscara de pestañas. Que no tuviera perfume no era problema, porque cualquiera que pudiera utilizar jamás podría competir con el de Khalid.

Al salir al salón, oyó su voz proveniente del dormitorio. Hablaba en árabe, de modo que no tenía ni idea de lo que decía, pero le gustó el timbre profundo de su voz.

Dejó el bolso en una silla –parecía demasiado ansiosa teniéndolo colgado del hombro– y se acercó a una ventana para contemplar Nueva York. Khalid salió y recogió sus ropas sin dejar de hablar por teléfono.

Le sirvió una copa y ella aceptó con una sonrisa, y luego Khalid se sentó en una silla para ponerse los calcetines y los zapatos mientras sujetaba el teléfono con el hombro.

Era imposible ponerse los gemelos con una sola mano, y dado que tenía ganas de salir y que estaba más que acostumbrado a que lo ayudasen, se acercó a Aubrey tendiéndole un brazo.

Ella no tenía ni idea de qué quería hasta que vio los gemelos en la otra mano.

–¿Me ayudas? –le preguntó Khalid sin interrumpir la conversación.

–Claro.

Aubrey tomó uno de los gemelos y se dio cuenta de que ninguno de los dos estaba preparado para aquel primer contacto.

El roce de sus dedos en la palma de la mano había sido tan suave que parecía como si un pajarillo se hubiera posado brevemente en ella, y Khalid descubrió que no estaba escuchando a Laisha, su asistente, que le estaba haciendo una larga lista con cuanto había ocurrido mientras estaba fuera.

Tenía la mirada clavada en Aubrey.

El pelo le caía como una cortina mientras manipulaba el gemelo. Tenía las manos frías y suaves. Era la perfección para él en aquel momento. Pero no, se recordó. Era un camaleón.

Pero un camaleón que lo hipnotizaba.

Aubrey no tenía ni idea de lo que estaba haciendo con los gemelos y le costaba mucho concentrarse teniéndolo tan cerca, pero por fin consiguió ponerle uno.

–Es al revés –dijo él.

–Oh.

Aubrey lo quitó y el puño se deshizo, lo mismo que sus nervios. Él tenía unas manos de dedos largos y un vello oscuro y suave que le estaba haciendo temblar por dentro. Y encima seguía sin saber qué hacer.

Khalid la observaba.

Laisha estaba aguardando una respuesta a algo que le había preguntado, pero no podía contestar porque estaba cautivado por Aubrey.

Quería sentir el contacto de esos labios en la palma de su mano; quería la suavidad de su beso sin importarle que hubiera estado con Jobe. Quería sus caricias y perderse en su piel, pero permaneció en silencio viéndola sonreír cuando consiguió colocar debidamente el primer gemelo.

Iba a cambiarse de mano el teléfono para que pudiera ponerle el otro, pero cambió de opinión y dio por terminada la conversación con Laisha.

–Vamos –dijo, mientras se colocaba el segundo gemelo. Cenar y que su chófer la llevase al aeropuerto era la opción más razonable. Su deber era para con los Devereux y no necesitaba complicaciones, así que, cuando abrió la puerta del ático, no quiso darle ninguna excusa para volver–. Aubrey –añadió, dando por sentado que aquel sería uno de sus muchos trucos–, no te olvides del bolso.

Tomaron el ascensor.

–¿Estás bien? –le preguntó él, justo antes de llegar a la planta baja.

Ella asintió dubitativa.

–Sí, estoy bien. Vayamos a cenar.

Era un bonito restaurante con un pianista tocando en directo. Había muchos clientes, algunos aún con la ropa del funeral, y los nervios volvieron a hacer mella en ella, pero él se ocupó de que todo se desarrollara sin sobresaltos.

Habló con el maître y caminó delante de ella hacia la mesa. La gente se volvía al verlos pasar, pero ella solo tenía ojos para la ancha espalda de Khalid. Los acomodaron en una mesa en un rincón, iluminada por velas y con un pequeño jarrón de peonías color marfil. La ventana ofrecía una vista nocturna de Central Park de la que habría disfrutado a morir de no ser porque tenía enfrente a Khalid.

Bueno, no del todo. Tenía tanta hambre que se hubiera lanzado sobre el panecillo para comérselo a mordiscos, pero esperó pacientemente mientras el camarero hablaba del menú y Khalid pedía las bebidas.

—¿Champán? —preguntó, pero Aubrey negó con la cabeza.

—¿Qué es lo que hemos bebido arriba?

—Coñac.

—Eso es lo que voy a tomar, por favor.

—Me parece bien —contestó Khalid, sin importarle que fuese más una bebida para tomar al final de la cena—. Yo también tomaré coñac —le dijo al camarero—. ¿Y podría traernos más pan?

Que tuviese tanta hambre como ella la hizo sonreír.

—¿Por qué sonríes? —preguntó él.

—No lo sé.

Khalid abrió su panecillo y untó mantequilla. Aubrey hizo lo mismo.

—No he comido en todo el día —dijo Khalid.

—¿Nada?

—Nada. Ethan y Abe tampoco. Como les he dicho antes de irme, quienes organizan un banquete nunca tienen la oportunidad de disfrutarlo.

—¿Es un proverbio árabe?

—Es un hecho —Khalid sonrió.

La vio untar de mantequilla la otra mitad del pan y le temblaban las manos, igual que le había pasado con la pluma de plata.

Su vestido de tirantes revelaba unos brazos delgados, pero su delicadeza no transmitía sensación de debilidad, sino de fuerza. Y él admiraba la fuerza.

Pero, al mismo tiempo, había en ella un aire de vulnerabilidad que entristeció a Khalid al pensar que Jobe podía haberse aprovechado de ella.

–¿Desayunaste esta mañana? –le preguntó ella para seguir con la conversación, y porque aquel hombre la intrigaba sobremanera.

–No. Bueno, el desayuno estaba servido, pero yo estaba...

Khalid movió la cabeza porque aún no había examinado sus sentimientos de aquella mañana.

–¿Demasiado triste?

Él nunca admitía debilidad, ni siquiera ante sí mismo, pero Aubrey había dado en el blanco.

–Sí –admitió.

–Y yo –contestó ella, y leyó la carta intentando decidir qué tomar, pero es que no había precios.

La pasta sería lo más barato, o quizás un risotto. Iba a ser imposible que compartieran la factura, y no quería aprovecharse.

–¿Y cómo fue que...? –Khalid dudó. En realidad, no quería saber la respuesta, pero era la pregunta más natural–. ¿Cuánto hace que Jobe y tú...?

Oír que un hombre con tanto aplomo dudaba la confundió, pero un segundo después, al caer en la cuenta, su incomodidad la avergonzó. No quiso levantar la mirada de la carta. Khalid había asumido que Jobe y ella tenían una relación.

Recordó de nuevo la palabra que había utilizado al hablar de Jobe y de ella. No relación, sino «asuntos».

Khalid pensaba que era una prostituta.

No era el primero, ni sería el último que lo creyera. Incluso su propia madre había dado por hecho que lo era. Pero, de todos modos, le hizo daño.

Todo lo que aquella noche tenía de bueno se convirtió en algo sórdido y levantó la mirada, pero no para mirarlo a él, sino a los demás comensales. Algunos los miraban, los camareros eran muy atentos, y se preguntó si todo el mundo creería lo mismo.

Khalid cambió de tema, pero ella no oyó lo que decía.

—¿Disculpa?

—He dicho que la música es agradable.

—Eh… sí –balbució Aubrey, pero la conversación era imposible en aquel momento–. Voy… voy al lavabo –dijo, intentando que no le temblase la voz al hablar.

—Claro. ¿Has elegido lo que quieres cenar?

—Eh…

Desesperada como estaba por marcharse, por salir a la calle y respirar aire limpio, experimentó una oleada de ira y vergüenza. Tomó la carta, aunque no tenía intención de volver.

—Langosta Thermidor –dijo, con la esperanza de que fuera tan cara como parecía y que con ello pagase de algún modo el daño que le había hecho.

Pero Khalid ni siquiera pestañeó.

Cuando salió del restaurante, Aubrey sintió que todas las miradas la seguían. El corazón se le salía del pecho y estaba a punto de derrumbarse cuando vio a Brandy y a las demás mujeres dirigiéndose hacia el bar. No quería que nadie la viera, de modo que, en lugar de salir a la calle, corrió al lavabo.

Una vez dentro, se dejó caer en una de las sillas de terciopelo rojo y se tapó la cara con las manos. Los Devereux debían de saber lo de las transferencias mensuales y habían asumido lo peor. Y Khalid también.

¿Qué debía esperar de él aquella noche? ¿Tendría que ganarse el coñac y la langosta? Pero no. Pensara lo que pensase, había sido muy amable con ella.

Se lo dijo una y otra vez, hasta que su respiración se apaciguó.

No tenía por qué marcharse aún.

—¿Va todo bien? —le preguntó Khalid al verla tan pálida y con la mirada puesta en el mantel.

—Sí, bien.

—He pedido.

—Gracias —llegaron sus bebidas y Aubrey tomó un sorbo de la suya, sintiendo la quemazón en la garganta—. ¿Qué has pedido tú? —intentó conversar.

—Pasta primavera. Fue lo primero que comí al llegar a Nueva York —recordó Khalid. Y seguramente sería lo último—. Mi madre me dijo que lo pidiera cuando no supiera qué tomar, y lo hice.

Era raro en él ponerse tan sentimental, pero aquella noche no podía contenerse.

—¿Estudiaste aquí?

—Sí. Los dos últimos años de instituto y la carrera de ingeniería de estructuras. Donde vivo, las infraestructuras son muy viejas, aunque no tan malas como en el continente. En este momento está construyéndose mucho.

–¿Dónde vives?

–En Al-Zahan. Un país insular de Oriente Medio.

–He oído hablar de él. El gerente de un hotel que conozco se va a ir a trabajar allí en un nuevo hotel que se está construyendo. Y algunos artistas con los que trabajo también me han dicho que quieren irse allí. No había oído hablar de tu país hasta hace unas semanas, pero ahora está por todas partes.

–Suele ocurrir –Khalid sonrió–. Como pasa por ejemplo con la pasta primavera que he pedido. Nunca había oído hablar de ella, y me sonaba exótica.

–¿Exótica?

–Para mí, sí. Y en cuanto la probé, me quedé enganchado. Y luego, en todas las cartas aparecía, o en anuncios y en recetas, y pensé «¿cómo es posible que no supiera que existía?».

Aubrey olvidó por un instante lo enfadada que estaba y se echó a reír, pero el dolor se volvió a filtrar en su mente al recordar por qué no dejaba de oír el nombre de Al-Zahan.

–Es un hotel de los Devereux, ¿no?

–Sí. Es una sociedad que hemos creado para su construcción, pero no abrirá hasta el año que viene –le contó Khalid, sin mencionar que él era príncipe–. Es un gran proyecto. En realidad, es más que un hotel. Habrá shows extravagantes y entretenimiento. Incluso se va a abrir una suite de maternidad en el piso cien.

–¡Venga ya!

–En serio –dijo Khalid, pero se interrumpió al llegar la cena. Aubrey se sintió culpable al mirar su plato y ver la carísima comida que había pedido. Tomó un bocado. El sabor era intenso y cremoso, y la langosta se le deshacía en la boca. Nunca había probado algo tan divino.

Como tampoco había estado nunca en compañía de alguien igualmente divino.

Khalid le preguntó por su familia.

—¿No tienes hermanos? —quiso saber.

Ella negó con la cabeza, consciente de que no le había preguntado por su profesión.

—¿Y tú?

—Tengo dos hermanos y una hermana. Todos estudian aquí.

—¿Estáis unidos?

—No mucho. Son bastante más jóvenes que yo. Mañana me voy a reunir con ellos para tomar el té.

—¡Uf! Qué formal suena eso.

—Es que yo soy formal —respondió Khalid. Normalmente no daría más información y el asunto se dejaría pasar, pero al mirarla a los ojos, tan claros y azules, y ver que estaba esperando a que dijera algo más, añadió—: Soy formal para que ellos no tengan que serlo —añadió, algo que para él fue mucho.

—Bueno, me gustas formal.

Pensara lo que pensase, se sentía a salvo con aquel hombre que se ponía gemelos para cenar y que ni siquiera la había rozado al caminar. Se sentía tan a salvo que incluso había subido a su habitación. «A salvo». Como si nada ni nadie pudiera hacerle daño estando él cerca.

Y mientras seguían mirándose, Aubrey se preguntó cómo sería estar en sus brazos, y qué haría ella si le tomase la mano. O cómo sería sentir sus labios en los suyos.

Aquellos sentimientos eran tan nuevos y confusos

para ella que decidió centrarse en acabar lo que le quedaba en el plato.

—Es… estaba deliciosa —dijo—. Gracias.

También cuidó de ella en aquel momento, porque sus cubiertos se habían quedado apoyados a un lado del plato, y aunque podía comer más, decidió enseñarla sutilmente lo que debía hacer.

—Yo también he terminado.

Y colocó el tenedor y el cuchillo juntos en un lado.

Ella miró su plato, bastante desordenado, y colocó sus cubiertos como él había colocado los suyos.

—Me alegro de que la hayas disfrutado.

Así era. Y no solo con la comida y el lujoso entorno. Ahora que la ira se había visto reducida, Aubrey se dio cuenta de que había disfrutado de la compañía.

Khalid no había intentado flirtear con ella, ni impresionarla. Simplemente se había comportado con naturalidad. Había sugerido que tomase un refresco cuando vio que le costaba tomarse el coñac. Pequeñas cosas. Amabilidad. Y, cuando la posición de sus cubiertos dio a entender al camarero que podía retirarles los platos, debió de percibir cierta desilusión en ella al ver que él declinaba tomar postre.

—Pide postre tú —sugirió.

—No, de verdad que estoy llena.

—Igual tomo yo algo —dijo Khalid, y llamó al camarero.

Ella sacaba lo mejor de él.

—¿Está rico? —preguntó Aubrey después de haberle ofrecido que probara su suflé. Pero él no hacía esas cosas.

—Mucho.

Ojalá Khalid le ofreciera probar su postre. Pero no por conocer su sabor, sino por poder tener aquella pequeña intimidad con él.

—¿A qué sabe el halva?

—Es repostería. ¿Quieres que te pida uno? —ofreció él, malinterpretándola deliberadamente.

—No, gracias. Solo quería saber a qué sabe.

—Deberías pedirlo en otra ocasión.

Cuando hubo rebañado hasta la última gota del helado que en realidad no quería, y ella tenía los labios manchados de chocolate de su suflé, dijo:

—Tengo que irme —ella se le había metido bajo la piel desde el otro lado de la mesa y decidió que ya era hora de ponerle fin a la velada—. Le pediré a mi chófer que te lleve al aeropuerto.

—Gracias —dijo Aubrey, aunque no quería que su tiempo juntos terminase.

Salieron del restaurante y pasaron por delante del bar. Brandy y las otras mujeres se habían congregado en torno al piano y, madre mía, cómo cantaban.

A su madre le habría encantado aquella velada. Si hubiese accedido a ir, aquellas mujeres la habrían cuidado como la habrían cuidado a ella si se lo hubiera pedido.

Eran una hermandad.

—Yo voy a subir ya —dijo él—. ¿Quieres entrar y unirte a tus amigas?

—No —contestó Aubrey. En realidad, podía hacerlo, y no tener que pasar las horas en el suelo del aeropuerto.

—Mi chófer te llevará a la hora que tú quieras.

Había mantenido su palabra. Cena y nada más.

Pero es que ella quería más. A pesar de lo que pensaba que era, era todo lo demás que había en él, toda su fuerza, su sensualidad, lo que le hacía sentirse a salvo.

Siempre se había preguntado, y había temido, cómo sería la primera vez. Khalid no tenía ni idea de la lucha interior que había tenido lugar en ella al pasar por delante del bar. No podía saber que era virgen y cómo todo aquello era nuevo para ella. Solo había respondido al aire de sensualidad que los rodeaba.

—Les digo en recepción quién eres y llamarán a mi chófer cuando tú se lo pidas. O —añadió porque no pudo resistirse a ello—, puedes volver a mi habitación.

Aubrey se detuvo y como el sol vuelve a iluminar el cielo de la noche, se volvió a Khalid. Nunca había mirado de ese modo a alguien a los ojos. De hecho, solía evitar la mirada de los hombres, pero en aquel momento le sostuvo la mirada completamente.

—Sí me gustaría —contestó. Y era la verdad. Quería estar con él, aunque fuera solo una noche. Quería que él fuera el primero. ¿Y si le decía la verdad? Seguro que entonces se limitaría a desearle buenas noches educadamente.

Así que mintió por omisión y sintió el aliento de su boca antes de que sus labios se hubieran rozado. El beso fue tan ligero que Aubrey temió que, al abrir los ojos, hubiera desaparecido. Que fuera un sueño. Pero entonces sintió que crecía en firmeza. En realidad, ella no había conocido un beso, pero aun sin tener con qué comparar, supo que aquel era una pura bendición. No podía haber sabido con antelación que su corazón se iba a detener con un contacto tan delicado. Era como si Khalid hubiese encontrado su punto débil, la línea de fractura que, si se la golpeaba correctamente, la desharía en pedazos.

Y él también lo estaba sintiendo así.

Aquella noche no quería el sexo sin significado con el que sobrevivía. Quería tocar y sentir y dejarse llevar por una vez. Aquel día había sido excepcionalmente duro, la combinación de un dolor nuevo y un dolor antiguo, pero la recompensa en aquel momento estaba siendo tan dulce que era un verdadero alivio poder tenerla al fin en los brazos, después de haberse consumido con solo mirarla.

Pero interrumpió el beso y bajó las manos a sus caderas para dejarle clara la naturaleza de su invitación.

—¿Entiendes que no vas a dormir en la habitación de invitados?

Vaya si lo entendía...

—Sí.

—Entonces, ven a la cama.

# Capítulo 6

CERRÓ la puerta de la suite tras ellos. A continuación, hizo lo mismo con la del dormitorio.

—Llevo todo el día deseándote —dijo él.

—Yo también —admitió ella.

Sosteniendo su cara entre las manos, Khalid le besó los ojos, las mejillas y luego la boca, y Aubrey jamás habría podido imaginarse lo extraña que era para él aquella ternura.

Su perfume estando tan cerca era embriagador y se rindió al beso mientras él le bajaba la cremallera del vestido.

Sintió el aire en la espalda y el ligero contacto de sus manos, y en su beso notó la breve irritación que le produjo encontrarse con el sujetador y luego el alivio de ambos al desabrocharlo y dejar libre su piel. Le bajó los tirantes del vestido y no importó que el sujetador estuviera viejo porque no fue más que una barrera inconveniente que enseguida cayó al suelo.

El vestido lo acompañó y Khalid fue a quitarse su ropa, pero ella lo detuvo.

—Déjame a mí —le pidió, porque quería explorar el cuerpo que la había ensimismado. Le bajó la americana y le quitó los gemelos, una tarea que resultó más ardua de lo que pensaba porque lo hizo mientras él le acariciaba los pechos. Sus palmas resultaban cálidas y los dedos algo ásperos, y, cuando se inclinó para probarlos succionando ligeramente, Aubrey tuvo que dejar lo que estaba haciendo y aferrarse a sus hombros para poder permanecer de pie–. Oh…

Aún vestido, le quitó las braguitas y mientras ella seguía atareada con sus botones, desesperada por alcanzar su piel, deslizó una mano entre sus muslos y Aubrey gimió.

–Khalid –le rogó, porque él ya la estaba empujando hacia la cama.

Acabó quitándose él mismo la camisa y ella se quedó contemplándolo, conteniéndose para no volver a levantarse, disfrutando del festín que era su visión.

Entonces le vio desabrocharse el cinturón y reparó en su erección, una imagen que la excitó más que asustarla. Siempre había pensado que el sexo era un medio para un fin, y nunca se había imaginado que iba a desear tanto a otra persona.

Estaba tan tonificado, tan fuerte, que se le paralizó la respiración. Nunca había visto un cuerpo así, tan poderoso, tan masculino. Por su trabajo estaba acostumbrada a ver hombres atléticos, pero él era algo más. Se quedó solo con unos calzoncillos negros tras los que se escondía una gruesa serpiente de vello negro que partía de su estómago, y Aubrey sintió que el valor la abandonaba al ver que se los quitaba.

El miedo y el deseo chocaron cuando lo vio. Más oscuro que el resto de su piel, erecto y duro, su pene le hizo sentir miedo en el vientre y deseo entre los muslos. Él se acercó para ponerse de rodillas sobre la cama y ella se recostó, quieta y algo agobiada al ver que sus ojos del color del cobre la exploraban. No es que fuera tímida con su cuerpo, pero la miraba con tanta hambre que sintió una oleada de calor.

Quería y no quería.

La anticipación y el temor se mezclaron en ella cuando le vio inclinarse y sintió un beso en el estómago. Sabía que debía decirle que era virgen, porque aquello iba a doler, pero es que no quería escapar de aquel placer.

–Aubrey –le dijo él, con los labios ya junto a los rizos rubios que cubrían su intimidad–, tengo que saborearte.

Y ella tenía algo que decirle, pero sus pecaminosos labios eran sublimes.

Y, cuando ella comenzó a moverse, Khalid la saboreó aún más. Entonces entendió por qué se permitía intimidad verdadera con otra persona en tan contadas ocasiones. El continente podía declarar la guerra a Al-Zahan, podía haber un golpe de Estado en el palacio, y a él lo único que le importaría sería el placer de ella.

Aubrey levantó las caderas, pero él la sujetó para poder seguir bebiendo aun cuando sus suspiros eran ya gemidos desesperados.

Aubrey estaba perdida, enredados los dedos en su pelo, medio empujándolo para que se apartara porque aquello era demasiado intenso, medio tirando de él para pedirle más de aquel éxtasis. No le quedaba aliento y respiró hondo cuando vio que él levantaba la cabeza y que buscaba protección en la mesilla.

–Khalid… –tomó su mano con intención de detenerlo, pero sentir su piel volvió a lanzarle dardos de deseo y simplemente lo acarició.

Él dejó escapar un gemido primitivo y terrenal y

ella se incorporó del todo para poder explorar su cuerpo, acariciarlo, sentirlo, excitada y preocupada por la idea de tenerlo dentro.

–No he hecho antes esto, Khalid –le dijo con voz temblorosa, temiendo su reacción.

–Shh…

Él no necesitaba juegos, pero miró su mano inexperta primero y sus ojos después, y el corazón se le quedó desnudo cuando vio que no mentía.

Mil preguntas explotaron en su cabeza y aunque quizás lo que debería hacer era pedirle explicaciones, la verdad era que no necesitaba respuestas en aquel momento. Solo saciar la necesidad que sentía de ella.

Olvidó la protección, olvidó las reglas de occidente que en Al-Zahan no se aplicaban. En el harén que había rechazado no había barreras que pudieran entorpecer el placer, y aquella noche podían estar bajo las estrellas en una voluptuosa velada del desierto mientras besaba su boca hasta que la sintiera relajarse, llenarse de sensualidad y ser suya.

Y Aubrey, que había esperado una confrontación o acusaciones al revelarle la verdad, comprendió que no conocía a aquel hombre, ni siquiera en aquel momento de honestidad y desnudez.

La besó para que volviera a tumbarse, y se colocó sobre ella mientras su lengua la derretía.

Ella se aferró a sus hombros, y aunque eran sólidos, duros y fuertes, aunque sintió su poder, el temor de tenerlo dentro había desaparecido.

–Va a doler –se imaginó al sentir el roce del extremo de su pene en su abertura húmeda y caliente.

–Un minuto de dolor –le dijo él al oído, y, cuando presionó la primera vez, Aubrey hubiera querido apartarse, pero su cuerpo la sujetaba, y supo que no podría soportar un minuto de aquello–. Enseguida te daré placer.

Pero antes tenía que pasar aquel minuto. Era un dolor que quería, un momento que no sabía que necesitaba, pero, cuando continuó entrando, ella intentó irse hacia atrás y Khalid cubrió su grito con la boca.

De no haber estado tumbada, se habría desmayado.

Khalid tuvo que contenerse para no moverse. Quería calmarla, quería que se entregase, así que contuvo el deseo de empujar y siguió besándola.

Ella tenía los ojos apretados y el dolor cedió cuando él se retiró, pero volvió con un nuevo avance, y con él llegó una sensación nueva de placer que la hizo gemir.

Él salió casi del todo antes de volver a entrar y regalarle más placer, a medida que el dolor iba desapareciendo. Aubrey se agarró a sus hombros arqueándose contra él, y Khalid no podía contenerse más. Abrió los ojos y lo besó en la boca.

–Kha… lid –gimió, rompiendo su nombre, y, cuando Aubrey alcanzó el orgasmo emitiendo un gemido como el llanto de un gato, Khalid se derramó dentro de ella.

No le preguntó si le había dolido porque se había tragado su grito. Tampoco le preguntó si aquella primera vez había sido placentera porque no era necesario preguntar.

Se besaron como si llevaran más de una noche compartiendo aquella cama y entre besos él le dijo cosas en árabe que nunca debería haber dicho.

–Te desearé en la mañana. Te desearé en mi cama del desierto. Ya te estoy deseando otra vez.

Aubrey se envolvió en sus palabras, en su voz, en su contacto, y se quedó acurrucada en sus brazos. Khalid la retuvo allí, olvidado el resto del mundo.

Su país podría sucumbir, y a él no le importaría.

# Capítulo 7

KHALID se despertó mucho antes de que amaneciera. Había dormido, como mucho, una hora.

Una hora robada antes de que los pensamientos invadieran su mente y la realidad se impusiera. Sabía que había ido demasiado lejos. Tenía buenas razones para elegir compañeras más mundanas. A veces no funcionaba y acababan enamorándose, pero al menos tenía el consuelo de habérselo dicho desde el principio: que solo podía haber sexo entre ellos.

Aquella noche había cruzado la línea con Aubrey.

Si le hubiera dicho antes que era virgen, jamás la habría invitado a subir. En realidad, estaba más molesto consigo mismo que con ella. Por sus presunciones. Por su falta de control.

Nada podía salir de aquello, y había llegado el momento de dejárselo bien claro.

—¿Aubrey?

Ella se despertó.

—Pronto será hora de que te vayas al aeropuerto.

Estaba abrazada a él, con una pierna sobre la suya y la mejilla en su pecho, y se quedó un momento inmóvil, esperando las preguntas que sin duda iban a llegar. Pero Khalid no la abrazaba, y no parecía tener preguntas.

–Mi chófer te llevará, por supuesto, así que tienes tiempo para una ducha.

Por su modo de hablar, bien podían estar en el vestíbulo de entrada del hotel y no en la cama, desnudos.

–¿Y ya está? –preguntó, sentándose en la cama. Él se quedó donde estaba, sin mirarla–. ¿Se han acabado las palabras agradables?

–Lo siento –replicó Khalid sin más–. ¿Quieres que pida el desayuno?

–No te molestes –replicó Aubrey.

Y salió directa a la ducha.

Había sangre en la sábana. Sí, estaba enfadado.

Enfadado consigo mismo, furioso por haber cometido una torpeza semejante, por haber trasladado los usos de su país a aquel mundo, por ser consciente de que no había usado protección. Cuando saliera de la ducha, hablaría con ella sobre la píldora del día después. No era una conversación que se imaginaba teniendo, porque siempre era cuidadoso.

Pero la noche anterior no lo había sido, de modo que decidió mostrar su preocupación del único modo en que sabía hacerlo: echando mano de su billetera. Fue a sacar algunos billetes, pero luego decidió meterlo todo, con el clip de brillantes incluido, en el bolso de Aubrey.

Y ella lo vio.

No había tardado en ducharse y estaba en la puerta del baño envuelta en una toalla.

–Ojalá no hubieras hecho eso –dijo con la voz temblorosa.

–Y yo desearía que no hubieras fingido saber lo que hacías cuando subiste aquí anoche.

–Ah. ¿Entonces hubieras preferido que fuera una buscona?

–Sí –le espetó él, porque era mucho menos complicado–. Aubrey, ¿tomas anticonceptivos?

Ella no contestó, lo cual interpretó como un «no».

–Hay una pastilla que puedes tomar…

–Lo sé. No es necesario. Tomo la píldora.

–¿Por qué? –preguntó Khalid, sintiéndose atrapado y confuso, algo raro en él, pero es que todo lo que había asumido sobre Aubrey estaba equivocado, y todo lo que ahora sentía hacia ella estaba mal en su país–. ¿Para qué tomas la píldora, o es otra de tus mentiras?

Podría haberle dicho que la ayudaba a controlar sus actuaciones, pero la verdad era que su menstruación era tan regular como un reloj suizo.

–Porque mi madre se ocupa de que la tome siempre.

Aubrey notó el sabor de las lágrimas en la garganta porque, aunque adoraba a su madre, que se hiciera la ciega en cuanto a la procedencia del dinero le dolía mucho.

Lo mismo que la advertencia que él le lanzó a continuación.

–Aubrey, no quiero que te quedes embarazada de mí.

–Tendrías que haberlo pensado antes.

–No es que pudiera pensar con claridad en ese momento –le espetó él, pero se recordó que ella no podía comprender hasta qué punto había perdido la cordura unas horas antes. Su padre tenía más bastardos de los que podía contar. Los hijos nacidos del harén no eran nada para un príncipe o un rey, y habiendo visto de primera mano el daño que eso podía hacer, no quería que Aubrey pasara por algo así–. Si lo hubiera hecho, no estaríamos en este lío.

–¿Lío? –Aubrey no se podía creer el cambio que se

había obrado en él. La noche anterior se había mostrado apasionado, considerado y amable, y ahora era como si tuviera delante a un perfecto desconocido del que quería alejarse–. Voy a recoger mis cosas.

–Hazlo, por favor.

Pasó por delante de él para volver al baño y vestirse, no con el vestido negro, sino con la falda vaquera y el top que se había quitado en el aeropuerto.

De nuevo la Aubrey de siempre, pensó al verse en el espejo.

Aunque no del todo, porque lo de la noche pasada le había enseñado mucho. Antes de salir, sacó el dinero con el clip del bolso, y lo dejó sobre la mesilla.

–Quédate el dinero. Puedo permitírmelo –dijo él.

–A mí no tienes dinero para comprarme, Khalid. Me niego a que lo de anoche haga de mí una cualquiera –se colgó el bolso del hombro y, antes de salir, dijo una cosa más–. Sabía que tú pensabas que lo era cuando me preguntaste por Jobe y por mí.

–Entonces, ¿por qué te haces la ofendida si te pago?

–No me hago la ofendida. Lo estoy porque pensé que lo de anoche había sido algo más. No esperaba promesas de amor eterno, pero tampoco que me pagases por mis servicios. Te voy a decir una cosa, Khalid: las mujeres que se dedican a esa profesión se toman su tiempo para poder tener su propia vida sexual. Se merecen disfrutar de un poco de romanticismo. Dios sabe bien que se lo merecen.


Aubrey tomó el ascensor y salió al vestíbulo.

Estaba vacío en comparación a como se hallaba el día anterior, pero había algunas personas.

Se detuvo un segundo en el lugar exacto en que se habían besado y ella había tomado la decisión de subir a su habitación, y deseó lamentar la decisión que había tomado, pero no era así.

Las horas que había pasado con él hasta aquella mañana habían sido los mejores momentos de su vida.

Salió al fresco aire de la mañana. Hacía un hermoso día en la ciudad de Nueva York, pero tenía la sensación de que la fría indiferencia de Khalid le había seccionado el corazón. No tenía ni idea de cómo llegar al metro, pero tenía que alejarse de allí cuanto pudiera.

–¡Aubrey!

Khalid había lamentado su actitud incluso antes de que se cerrara la puerta de la suite, así que se había vestido a toda prisa y se había llevado el teléfono para llamar a su chófer. Entonces la vio, y el alivio fue evidente en su grito.

Pero ella no se dio la vuelta, sino que apretó el paso.

Él echó a correr y la sujetó por un brazo.

–No te vayas así, Aubrey.

–¿Quieres que te sonría? –preguntó ella, y le dedicó la mejor sonrisa que pudo fingir. A continuación se soltó de su brazo y le lanzó un beso–. ¿Así te gusta más?

Ya lloraría luego.

–Aubrey, acepta mis disculpas.

Su voz no sonaba arrepentida, y su disculpa era dura y clara, y algo en su interior le dijo que aquello era raro para él.

Y lo era.

Khalid nunca se disculpaba. Su estatus no lo requería. Y, además, se aseguraba de no estar nunca lo bastante cerca de alguien como para hacerle daño. Pero a ella se lo había hecho.

–¿Podemos hablar?

–No –contestó Aubrey, a pesar de que de verdad le gustaría comprender cómo en el espacio de un par de horas, horas pasadas juntos en la cama, todo había cambiado–. Tengo que irme al aeropuerto.

–Mi chófer…

–¿El mismo chófer que me ofreciste anoche? –replicó ella–. Gracias, pero prefiero ir por mis propios medios.

Miró a Khalid. Pero lo miró de verdad.

El día anterior iba perfecto, pero en aquel momento llevaba lo primero que había pillado: una camisa blanca arrugada y a medio abrochar y zapatos de vestir sin calcetines.

–Aubrey, te conseguiré otro vuelo ahora mismo, pero no te vayas. Hay algo que tengo que explicarte.

Tardó un momento en hacerlo, pero al final ella asintió porque eso era lo que la esperanza empujaba a hacer a algunas personas. La estúpida y ciega esperanza.

Y por eso dejó que la guiara hasta el parque, al otro lado de la calle, que comprara café para los dos y que se sentaran en un banco viendo correr a la gente y el comienzo de otro día en Nueva York.

Esperaba que le dijera que tenía mujer, o que volviera a recordarle lo de la píldora…

–Lo de anoche no debería haber ocurrido por muchas razones, y la principal es que soy de la realeza.

El banco no desapareció de debajo, pero ella se agarró a él por si acaso.

–¿De la realeza?

–Soy el príncipe heredero de Al-Zahan.

–¿Y eso qué quiere decir?

–Que seré rey.

El corredor que pasó por delante en aquel momento se llevó con él el tímido reflejo de esperanza.

–¿Y tú quieres serlo? –preguntó ella, casi en piloto automático.

–Elegir es el único lujo que no me está permitido.

Aubrey tragó saliva.

–Las necesidades pueden ser atendidas –dijo él, y se volvió hacia ella–. Y esperaba que contigo bastase.

Ella contuvo el aliento porque aquellas palabras parecían un insulto, pero en su voz había dolor quizás, y ternura en su mirada.

–¿Y no he sido bastante?

–No, porque me has hecho querer más.

Aubrey contempló las hojas nuevas que se movían en la brisa de la mañana y los brotes que aún no se habían abierto, y contempló también el cielo sonrosado que aún no sabía cómo ser azul, pero que se moría de ganas por serlo.

Seguía sintiendo deseo.

–Lo de anoche fue diferente –admitió él–. Te deseaba, fuera cual fuese tu profesión, pero fui un inconsciente.

–Los dos lo fuimos, pero no pasa nada. Ya te he dicho que estoy protegida. Y no pienso crear un escándalo.

–Sería más que un escándalo. Sería una situación sin precedentes.

Aubrey frunció el ceño. No entendía lo que decía.

–Las cosas son muy diferentes en mi país. Esta

noche volveré a casa, y dudo mucho que pueda venir a Estados Unidos hasta dentro de mucho tiempo.

–¿Y eso?

–Voy a asumir más responsabilidades allí. Lo he decidido yo. Hay cosas que se deben hacer, y que he luchado mucho por que se consigan.

–¿Como lo del hotel?

–Sí. Mi país es muy rico, pero esa riqueza se concentra demasiado en el palacio y necesita redistribuirse. El hotel contribuirá a que eso pase proporcionando trabajo y nuevas oportunidades. No puedo cambiar mucho desde aquí, aunque espero poder volver de tarde en tarde.

Aubrey tragó saliva y se le aceleró el corazón, aunque no sabía si su vuelta a Estados Unidos la incluiría a ella.

–Una de las condiciones de ese papel más prominente que quiero asumir es que me case y tenga herederos. Se ha elegido un amuleto y el joyero no tardará en presentarse en palacio… –Khalid sabía que ella no podía comprenderlo, pero decidió no explicárselo–. Se espera de mí que tome una esposa adecuada.

–¿Adecuada?

–Elegida por mi padre –aclaró él–. De donde yo vengo, hay muchas reglas que no comprenderías. Algunas son hermosas, otras estoy intentando cambiarlas y otras son innegociables. Me he resistido a contraer matrimonio…

–¿Por qué?

–Porque no me gusta que se tomen decisiones por mí, pero la verdad es que no puedo elegir a mi futura esposa.

Estaba intentando decirle con toda delicadeza que

nunca podrían llegar a ser pareja. Por supuesto, ella no era ni mucho menos adecuada, y Aubrey era consciente de ello, así que dijo lo que más trabajo le costaba en aquel momento.

—Estoy segura de que tu padre hará lo que sea mejor para ti.

Y Khalid cerró los ojos porque no se esperaba que ella defendiera su posición. Pero Aubrey se equivocaba en una cosa: el rey no tomaría en consideración sus opiniones o sus sentimientos, sino que su decisión se basaría en piedras preciosas, tropas y petróleo.

—Lo de anoche fue un lapsus.

—¿No se te permite tener sexo fuera del matrimonio?

—Por supuesto que sí. Podría tener un harén, pero lo he disuelto.

—¿Por qué?

Khalid no contestó.

—¿Por qué lo has disuelto? —insistió ella.

—Eres persistente.

Aubrey sonrió.

—¿Por qué has disuelto el harén, cuando seguro que tenerlo es la fantasía de cualquier hombre?

—Mi padre tenía un harén, aún lo tiene, y con ello le hizo mucho daño a mi madre y en más de un sentido. Un harén no es solo para tener sexo, sino para conversar y recrearse. Mi madre vivió un matrimonio muy solitario y muy infeliz. Decía que su única alegría eran sus hijos.

—¿Tuvo cuatro? —recordó Aubrey.

—Sí, pero falleció al dar a luz a los mellizos. Mi madre me dijo que ser la esposa de un rey fue el mayor error que cometió en su vida. Ella era princesa en su propio país y su padre le permitió venir a Estados Unidos mientras esperaban a ver la elección de esposa que hacía mi padre. Apenas había pasado una hora de su decisión cuando ella subía a un avión y se casaban al día siguiente. A partir de aquel momento, llevó una vida muy solitaria.

–Pues espero que tú trates mejor a tu mujer.

–Lo haré, aunque un rey no puede involucrarse emocionalmente con nadie.

–Nadie aparte de su esposa, ¿no?

–No. Con nadie.

–¿Por qué?

Khalid no contestó. No tenía tiempo ni ganas de hablar de historia, y tampoco quería hacer valer su autoridad con ella.

–Tenemos que hablar de la hora de tu vuelo. ¿A qué hora te viene bien? Puedo hacer que Laisha, mi secretaria, se ocupe de ello inmediatamente o más tarde. Yo tengo previsto irme a última hora de la tarde.

–Esa hora me parece bien.

Con la diferencia horaria, llegaría a casa a las nueve.

–Así podré trabajar esta noche –sonrió–. Trabajo en el trapecio… bueno, hago muchas cosas, pero esta noche tengo un turno largo.

–Aubrey, quiero que te quedes el dinero, y no por lo de anoche, sino por las noches que han de venir. Sé que no te sobra.

–¿Y cómo sabes eso?

–Pues porque ibas a dormir en el aeropuerto, y porque… –no quería mencionar que sabía dónde vivía, o que la ropa que llevaba no era suya–. Aubrey, por favor, acéptalo.

–No voy a hacerlo –respondió ella, tajante. No iba a permitir que lo de la noche pasada se manchase, pero le ofreció una concesión–. Pero puedes invitarme a desayunar.

Khalid lo hizo, aunque no fue en el hotel. Compraron unos churros en un carro de comida ambulante y más café, y siguieron andando y charlando.

–¿Puedes decirme por qué estabas ayer aquí? –preguntó él, pero no por su relación con los Devereux, sino porque quería saberlo–. ¿Qué significaba Jobe para ti?

–Tuvo una relación con mi madre –confesó ella. Ya estaba dicho–. Haz con eso lo que quieras.

–No voy a decirle nada a Ethan.

–Eso espero –contestó. Ya se sentía culpable por habérselo dicho a él–. Mi madre se morirá si se entera de que lo he contado.

–Aubrey, esto no saldrá de aquí. Y no tienes por qué decirme nada más.

Pero ella quería hacerlo.

–No sé cómo empezó lo suyo, pero llegó a ser mucho más que una aventura ocasional.

–¿Cuánto tiempo estuvieron juntos?

–Años. Desde que yo tenía unos diez. La trataba como si fuera oro puro y a mí también.

Le habló del violín y de las clases de música, de las vacaciones que habían pasado juntos, pero fue lo del violín lo que más le interesó.

–¿Tocas el violín?

Ella asintió y Khalid vio que se sonrojaba.

–Y era bastante buena.

–¿Eras? Si tienes veintidós años, ese «era» no puede ser hace mucho tiempo.

–¿Cómo sabes mi edad?

Khalid no contestó. Darse cuenta de su indiscreción le sorprendió tremendamente. Él nunca era indiscreto. Jamás. Pero hablar así con ella no le parecía una indiscreción.

–No es lo que piensas –dijo ella de pronto.

–No sé qué pensar, Aubrey.

–Jobe me dio dinero para que estudiase música, pero...

No terminó la frase. Se estaba asustando.

–Cuéntamelo.

–¿Para que puedas decírselo a ellos?

–No. Para que puedas sentirte mejor.

–¿Y por qué si te lo cuento me voy a sentir mejor?

Pero él tenía razón.

–Me lo gasté en mi madre. Había roto con Jobe por culpa de Chantelle, pero decía que iban a volver a estar juntos, que se casaría con ella. Entonces ocurrió el incendio. Mi madre estaba en una fiesta, y su traje se prendió. Bueno, cuando digo fiesta me refiero a que estaba con unos clientes... –desde luego era un hombre muy considerado, porque debía de haber percibido la vergüenza que se desprendía de su voz y en lugar de apartarse o juzgarla, le había dado la mano–. Sufrió quemaduras en la cara, en el cuello y en el pecho.

–¿Se enteró Jobe?

–No, y mi madre no quería que lo supiera. Quería que la recordase como era antes.

–Y Jobe te enviaba dinero todos los meses.

–Para que estudiara música. Cuando rompieron, antes de marcharse habló conmigo y me dijo que tenía que intentar lograr mis metas. Y yo quería...

–Pero ocurrió lo del incendio.

Aubrey asintió.

–Seguí aceptando su dinero pero engañándole…

–¿Qué te hace pensar eso?

–Internet.

Khalid sonrió y le apretó la mano.

–Aubrey, Jobe os enviaba dinero para mitigar su sentimiento de culpabilidad por no haberos tratado bien ni a ti ni a tu madre.

–¿Culpabilidad? ¡Si era maravilloso con nosotras!

–Pero no infalible. Estoy seguro de que disfrutaba cada vez que estaba en Las Vegas, pero no iba a casarse con tu madre, y, si hubiera llegado a hacerlo, habría sido dejándose arrastrar por un impulso, y habría acabado alejándose de vosotras.

–No –insistió ella, intentando soltarse, pero él se lo impidió–. Las cosas mejoraron cuando Jobe apareció en la vida de mi madre.

–¿Mejoraron? ¿Cómo?

–Ya no hubo… –no sabía cómo decir que, cuando Jobe apareció en escena, el desfile interminable de hombres cesó porque él quería que su madre solo lo viera a él–. ¿Estás diciendo que la utilizó?

–Estoy diciendo que Jobe era un hombre complejo, con muchas facetas, y nunca se habría entregado a una sola mujer, aunque prometiera hacerlo algún día.

«No», habría querido decir ella. Pero no lo hizo.

–Mi madre siempre había querido asistir a un baile –rememoró–. Era su sueño. Bueno, aparte de una boda en la que se vistiera de blanco. Si no iba a casarse con ella, al menos podría haberle dado eso.

Khalid eligió guardar silencio.

–Solo formaba parte de su harén, ¿verdad?

–Yo no he dicho eso.

–Lo he dicho yo. Era buena para divertirse con ella, para reír y para el sexo, pero no lo bastante para que lo vieran llevándola del brazo. Incluso en las vacaciones iba siempre con gorra y gafas de sol.

–Aubrey…

–Es cierto –dijo ella, ahora que lo veía todo con claridad–. No quería que cambiase y que creciera, sino mantenerla tal y como era.

–Aubrey, tenemos tan poco tiempo… ¿podemos dejar de hablar de tu madre y Jobe? Lo que quiero decir es que…

–Que dentro de unos meses volverás de visita a Estados Unidos –concluyó por él–. Y que podríamos volver a vernos. Eso es lo que me estás intentando decir.

–No –Khalid se detuvo y tomó su cara entre las manos–. Estoy haciendo uso de toda mi fuerza de voluntad precisamente para no decirte eso.

Aubrey sintió que los ojos se le llenaban de lágrimas, y en los ojos de él vio la batalla que estaba librando.

–Lo mejor que puedo ofrecerte es que seas mi *ikbal*, y tú no quieres eso.

–Ni siquiera sé lo que es.

–La favorita. La elegida.

–Pero no la esposa. Es un ofrecimiento increíble, Khalid, pero no.

–Me lo imaginaba y me siento orgulloso de ti, porque te mereces más y también mi futura esposa se merece más. Aubrey, no volveré a verte después de hoy. Amo mi país y a mi pueblo, pero hacer los cambios que quiero hacer…

–Tienes que seguir la senda.

–No –respondió Khalid, y parecía misterioso–. Tengo que aparentar hacerlo.

La besó allí mismo, en el parque, suave e intenso, salado y dulce. Sus labios se conocían y Aubrey cerró los ojos para saborearlo, y casi deseó que no hubiera corrido tras ella.

–Tengo que volver al hotel y vestirme –dijo, obligado por la necesidad–. Voy a reunirme con mis hermanos, pero, si quieres esperar en mi habitación, podremos seguir hablando después.

–¿Ellos no van a subir?

–No. Vamos a tomar un té, pero no tardaré más de una hora.

Aubrey miró un poco más allá. El sol estaba ya trepando al cielo y Central Park olía a primavera. Quería que aquel día durase para siempre, pero más aún deseaba que aquel hombre tan formal supiera, aunque fuera durante unas horas, lo divertida que podía ser la vida.

–¿Y por qué tienes que cambiarte? ¿Por qué no organizas un picnic aquí con ellos? Yo te esperaré en tus habitaciones, pero pídele al hotel que te preparen un picnic aquí.

–No –respondió él, moviendo una mano–. Tengo que hablar con ellos de sus notas y esas cosas.

–¿Y no puedes hacer eso aquí fuera?

–Ya va a ser bastante complicado. ¡Mi hermana ha descubierto el maquillaje!

Aubrey se rio, pero él no.

–Nada de picnic. Tenemos cosas importantes de las que hablar.

–Nosotros también las teníamos, ¿y no ha sido mucho más fácil hacerlo al aire libre?

—Es posible –concedió él–, pero mi familia no suele hacer picnics.

—¿Por qué no?

Iba a pedirle que dejara de cuestionarle, pero en realidad le estaba gustando que lo desafiara.

—Khalid, deberías pasar algo de tiempo al sol con tu familia.

Sus ojos azules le rogaban, y se dejó convencer.

—Con una condición. ¿Te vienes con nosotros?

# Capítulo 8

LOS HERMANOS de Khalid eran muy guapos. Y se quedaron sorprendidos al ver aparecer a su hermano mayor en el vestíbulo sin su formalidad acostumbrada y que les presentara a aquella amiga rubia de falda vaquera.

Hussain, de dieciséis años, era tímido y algo torpe, de alma delicada y naturaleza soñadora, y le pareció que su hermano mayor lo protegía a ultranza.

Abbad, de catorce, era distante y más parecido a Khalid. Nadia era exuberante y preciosa, y recibió con entusiasmo la oportunidad de poder estar al sol.

Era un picnic, aunque no como los que Aubrey conocía, ya que la comida había sido preparada por un chef y los platos eran de porcelana.

–Ha sido idea de Aubrey lo de comer fuera –explicó Khalid cuando estuvieron sentados.

–¿De dónde eres? –preguntó Abbad.

–De Las Vegas –contestó ella, escogiendo un pequeño sándwich–. Esta noche me vuelvo para allá.

Sí, resultaba un poco raro, pero lo que Aubrey no sabía era que lo era mucho menos de lo habitual.

Khalid les preguntó por sus clases y quedó claro que, a pesar de su apariencia austera, se preocupaba mucho por ellos.

–Quiero hacer teatro –dijo Hussain–, pero no creo que al rey le parezca bien.

–Si sigues con inglés, yo le diré que teatro es obligatorio. No te preocupes, que eso me lo deja a mí. ¿Y tú, Nadia?

–Yo soy de sobresaliente –contestó la joven, centrada en escoger una fresa en lugar de mirar a su hermano–. Mis notas serán excelentes, ya verás.

–De eso estoy seguro, pero me han llamado para contarme que te han expulsado de clase dos veces por llevar demasiado maquillaje.

Nadia tragó saliva y no miró a su hermano. Khalid no parecía enfadado, pero estaba muy serio, y Aubrey pronto comprendió por qué.

–Les he pedido que no lo pongan en tu expediente, pero ¿por qué te arriesgas tanto? Si se entera el rey, lo considerará una razón para que te vuelvas a casa.

–Yo pretendía que quedase natural, pero es que se me da fatal. Vi un par de tutoriales, pero, cuando intenté copiarlos, acabé llena de rayas.

Khalid frunció el ceño. Estaba claro que no tenía ni idea de maquillaje, ni de perfilar, ni de lo mal que se te podía dar con catorce años.

–A mí me pasaba lo mismo –admitió Aubrey–. Solo sé maquillarme para el escenario, y ayer fui a que me lo hicieran –habló de Vanda y de lo amable que había sido–. Sabía que no iba a comprar nada, pero me dio un montón de consejos…

–¿Por qué no ibas a comprar nada? –preguntó la adolescente.

–Nadia –intervino Khalid–, ve a ver a Vanda y dile que te envía Aubrey.

–No creo que se acuerde de mí.

–Por supuesto que se acordará –replicó Khalid.

Y él también se iba a acordar.

Miró a sus hermanos. Nunca los había visto tan relajados, igual que él. En lugar de sentado a la mesa de un restaurante, estaba medio tumbado sobre la hierba apoyado en un codo y charlando animadamente. Y para Aubrey, que había hecho posible todo aquello, tenía una pequeña sorpresa.

–Aubrey se enfadó anoche.

–¿Yo? No.

–Se enfadó porque nunca había tomado helado de halva y no le dejé probar el mío.

–Eso no está bien –Nadia sonrió.

–Y es hora de rectificar.

Les sirvieron el helado en cuencos y Aubrey se rio mucho.

–¿Qué te parece? –preguntó Khalid.

–¡Delicioso! Pero habría preferido probarlo anoche –añadió, mirándolo a los ojos.

Si hubiera sido posible, se la habría llevado en aquel mismo instante a su habitación para dárselo a probar en privado…

–Yo lo tomo a escondidas cuando estoy en casa –dijo Nadia–. Y cuando estoy enfadada.

–Yo también lo hacía –comentó Aubrey, sonriendo. Khalid no entendía nada y la miró. Tenía las piernas recogidas debajo y la brisa le movía el pelo dorado. Sin maquillaje parecía terriblemente joven.

–Tomaba helado de cookies. Cuando había en casa, ponía unas cuantas cucharadas en una bolsa que guardaba al fondo del congelador.

–¿Por qué? –preguntó Khalid.

–Para asegurarme de tener siempre y poder tomármelo para sentirme mejor.

–Yo también lo tomo cuando estoy enfadada con el rey –declaró Nadia.

Khalid miró a Aubrey. Había abierto mucho los ojos, como si lo estuviera animando a seguir adelante con aquella conversación y no dejar pasar la oportunidad.

–Todos nos enfadamos a veces con él.

–¿Tú también? –preguntó su hermana.

–Sí –Khalid asintió, y se volvió hacia Aubrey–. Nadia se parece mucho a nuestra madre. Es un poco impetuosa y discutidora a veces, y aunque eso es bueno, hace enfadar al rey.

–Y dices que me parezco a ella físicamente.

Nadia quería seguir con aquella conversación sobre su madre.

–Cierto.

–Khalid… ¿mamá llegó a vernos? –preguntó en voz baja. Aubrey la miró. Tenía los ojos llenos de lágrimas.

–Sí. Os tuvo en brazos a los dos un momento y dijo que su familia estaba completa y que tenía los hijos más bonitos del mundo. Luego os besó y pidió a Hussain que se acercara a conocer a sus hermanos.

Nadia lloraba y Hussain miró a su hermano entornando los ojos. Rara vez se enfrentaba a alguien.

–Eso no lo sabes. ¿Por qué dices esas cosas?

–Porque sí que lo sé –respondió Khalid con calma–. Después del funeral fui a hablar con el personal médico que había estado con ella, y averigüé cuanto pude –explicó. Entonces no lo hizo por sus hermanos, sino porque quería saber cuanto fuera posible de los últimos momentos de su madre. Había llegado el momento de compartirlo–. Era la mujer más feliz del mundo estando con sus hijos. Me hablaba de vosotros. Me decía que Hussain era muy divertido, y que estaba muy orgullosa de ti…

Aubrey vio rodar una lágrima por la mejilla del muchacho y, cuando hizo ademán de secársela, Khalid tomó su mano y siguió contándole cosas. El muchacho continuó llorando.

Los hermanos bebieron de sus palabras como esponjas.

Les contó cómo le gustaba hacer el pan a la manera tradicional de su país, y cómo adoraba la historia de Al-Zahan y que le gustaba coleccionar los amuletos que se les entregaban a los recién casados para proporcionarles fertilidad.

–Su colección está prestada a una galería de la Quinta Avenida. Id a verla cuando la echéis de menos.

Miró a Aubrey, que había hecho posible todo aquello. Sí, era más fácil hablar de aquellas cosas a la cálida luz del sol, y también era más fácil porque ella estaba cerca, aunque no sabía por qué.

–Os quería mucho a todos, y, si queréis saber más de ella, preguntadme.

Y lo hicieron.

Y hablaron también de otras cosas importantes.

–Yo no puedo ser rey –dijo de pronto Hussain–. Khalid, yo no puedo casarme.

–Lo sé –dijo su hermano.

–No lo entiendes. Yo no puedo dar un heredero.

Hubo un instante de tensión cuando Nadia y Abbad se miraron. Aubrey lo vio y se imaginó que hacía tiempo que conocían el secreto de Hussain, y entonces miró a Khalid, que seguía dándole la mano a su hermano.

—Hussain, el siguiente en la línea de sucesión soy yo.

—Tú no quieres casarte, y el rey amenaza con pasar a sus otros dos hijos varones.

—Yo tampoco quiero —dijo Abbad, y Khalid notó el miedo en su voz. Aunque ellos se parecían más, no había sido criado para ser rey.

—No hay modo de escapar —continuó Hussain—. Si tú no cumples con su regla, la obligación pasará a nosotros. Si no hay un heredero, Al-Zahan caerá en manos del continente. ¡Tienes que casarte, Khalid! Y tienes que tener un hijo.

—Hussain, no me voy a casar porque lo diga mi padre, y tampoco porque tú lo quieras. Es cierto que no tengo prisa por tener hijos. No me interesa la paternidad.

—Pero…

—Nada de peros. Yo te he escuchado. Ahora, escúchame tú. Ya le he dicho al rey que el año que viene me voy a centrar en mi país y en el nuevo hotel…

—Y luego te casarás.

—Hussain, ya buscaré una solución —respondió Khalid sin dejarse presionar, aunque de pronto fue consciente de que no podía haber solución para él.

Y entonces supo por qué había sido todo más fácil estando Aubrey allí: porque la vida era mejor teniéndola al lado.

Fue toda una revelación, porque nunca había esperado que el amor entrase en su vida. Aubrey se había puesto sus gafas de sol y, tumbada en la hierba, parecía disfrutar del sol.

Pero no era así.

La estaba matando oírle hablar de matrimonio y herederos, de un mundo que ella nunca vería y al que jamás pertenecería. Y con los ojos llenos de lágrimas, escuchó las palabras tranquilizadoras de Khalid a sus hermanos, unas palabras que a ella no la consolaron.

–Tenéis que confiar en que intentaré buscar una solución que nos tenga a todos en cuenta. La vida será buena, ya lo veréis.

Fue un picnic largo seguido de cariñosas despedidas, y al abrazar a Nadia e incluso a los chicos, le dolió pensar que nunca volvería a verlos.

Y, cuando Khalid y ella volvieron a estar solos en su habitación, hubo una despedida aún más cariñosa. Hicieron el amor porque no había un mañana, y se ducharon juntos. Y, cuando su tiempo se agotó, jamás le había pesado tanto a Khalid ser el heredero al trono.

–Voy a llamar al mayordomo para que prepare el equipaje y…

–No lo hagas –le interrumpió ella. No podía soportar que el nido que habían creado se deshiciera. Pero todo debía terminar.

Khalid se envolvió en una toalla y salió para disponer lo necesario con el personal para su marcha mientras Aubrey se quedaba agarrada a la encimera del lavabo, intentando decirse que iba a ser capaz de despedirse sin llorar. Intentando convencerse de que una noche, un día, era mejor que nada.

Fue a peinarse con su peine de plata, cualquier cosa que la distrajera, pero entonces vio la botellita con grabados en árabe. La destapó y respiró hondo.

¡Qué maravilloso olor! Con el tapón se rozó el cuello y las muñecas.

–¿Aubrey?

Sonrió al ver a Khalid, pero él estaba muy serio.

–No puedes ponerte eso...

–Tengo que hacerlo. Dame un poco.

–Ese perfume solo puedo llevarlo yo –explicó Khalid, acercándose a ella por detrás. Era un perfume que había sido elaborado solo para él y su futura novia. No estaba enfadado, porque no podía pretender que ella comprendiese las costumbres de Al-Zahan, y porque, en el fondo, le encantaría que pudiera llevarlo.

Apoyó las manos junto a ella y Aubrey levantó la botellita en alto. Él podría alcanzarla, pero prefirió hacerle cosquillas hasta que la soltó.

–Tenemos una hora –le dijo, rodeándola con los brazos.

–Pero voy a perder el vuelo.

–Sale más tarde.

Vio sus manos morenas abiertas sobre su estómago y sintió su erección. Aún no iban a despedirse...

–Déjame un poco de tu perfume –le dijo cuando le cubrió los pechos. No quería su dinero. Solo algo que fuera suyo–. Solo quiero un recuerdo...

–Shh...

Sus manos estaban creando pequeñas descargas eléctricas al acariciar y hacer rotar sus pezones, y sentía la necesidad de presionarse contra él.

Y mientras la besaba en el cuello, fue bajando una mano hasta el punto que la hacía temblar.

–Khalid...

Le ofreció el dedo que había utilizado y ella se lo llevó a la boca un instante para que luego él volviera a llevarlo donde más urgentemente se lo requería.

Tenía los ojos abiertos y contemplaba la imagen de ambos en el espejo, y aunque Aubrey había estado haciendo lo mismo, el placer era demasiado exquisito y los cerró.

—Khalid, por favor…

Le estaba pidiendo que la llenase desde atrás, pero él la malinterpretó.

—No puedes llevarte el perfume, Aubrey.

No era eso lo que pretendía, pero que le negase algo estando así hizo que lo deseara de verdad.

Caliente y húmeda, se dio la vuelta decidida a lamerlo, a saborearlo, a morderlo. La tensión iba creciendo en él y su respiración se volvía entrecortada cuando le mordía los pezones. No sabía lo que estaba haciendo. Solo que el placer de ambos era intenso, y comenzó a bajar. Lamiendo y succionando, deslizando la mano entre sus muslos. Y fue la primera vez que puso a prueba su poder.

—Quiero ese perfume, Khalid.

No hubo respuesta, de modo que le mordió en la cadera y él la empujó por la cabeza.

—Lo quiero, Khalid —insistió. Era cierto. Solo quería aquel recuerdo—. Por favor…

Por fin cedió, pero con condiciones.

—Entonces, ponte de rodillas.

Era tan alto que tuvo que ponerse una toalla debajo de las rodillas e ir lamiendo los muslos hasta que con la mano sostuvo sus testículos.

—No sé qué hacer.

—Pues practica.

Y lo hizo. Al principio despacio, lamiendo su miembro que olía a jabón hasta llegar al final, que lamió con cuidado, temiendo hacerle daño.

–No me vas a hacer daño –le aseguró, y Aubrey se lo metió en la boca.

Se agarró a sus caderas y su ritmo fue lo que la guio. Estaba exquisitamente excitada, y su calor y el modo en que la hizo ir más despacio en un momento dado le indicó que el momento estaba cerca.

–Aubrey…

Y ella se lo llevó un poco más hondo, aunque no estaba segura de si podría hacerlo.

Él emitió un ronco gemido y le apartó la cabeza. Verlo tan excitado y a punto le hizo preguntarse por qué la detenía, pero de inmediato tiró de ella para que se sentara en la fría encimera de mármol.

–Tengo que poseerte una vez más –dijo, le abrió las piernas y la colocó en el borde de la encimera. Luego ajustó el espejo de aumento.

–¿Qué haces? –le rogó con urgencia, pero él se tomó su tiempo para acariciarla en su parte más íntima lentamente.

–Mira –dijo un momento después.

Y la penetró muy despacio.

–No puedo –admitió ella, porque estaba intentando no dejarse ir aún.

La encimera era incómoda, pero él la tenía sujeta por las caderas, de modo que se recostó contra el espejo. Entonces descubrió por qué había movido el espejo de aumento. Parecía una experiencia extracorpórea sentirlo y estarlo viendo entrar y salir de ella al mismo tiempo. Podía ver su carne inflamada y las venas de su pene. Los muslos comenzaron a temblarle, pero él seguía manteniéndolos bien abiertos.

–No puedo –murmuró, aunque no sabía bien a qué se refería en realidad.

–Sí puedes.

Khalid se movió más deprisa y Aubrey sintió que un grito le crecía en la garganta. Las lágrimas le estaban rodando por las mejillas.

–No puedo –repitió, y entonces entendió el sentido de sus palabras.

Lo que no podía hacer era rendirse a él sabiendo que, un instante después, iba a perderlo para siempre. Pero Khalid le enseñó cómo.

Soltó sus caderas y se hundió en ella con un gemido. Oírlo y sentirlo así la provocó de tal modo que lo envolvió con las piernas y se entregó. Él la tomó en brazos y se movió por última vez.

No quería que terminase.

Se sentía mareada cuando la dejó con cuidado en el suelo, y ni siquiera el beso lleno de ternura que compartieron mejoró las cosas.

–No quiero ir a casa –admitió Aubrey, con la cara puesta en su pecho.

«Pues vente conmigo», quiso decirle él. «Ven a Al-Zahan y sé mi amante para siempre, mi *ikbal*, mi confidente y mi amiga». Pero nunca su esposa.


Dos mayordomos entraron a recoger las pertenencias de Khalid, pero Aubrey no podía soportar verlo, de modo que bajó al vestíbulo a esperar.

El chófer los llevó al aeropuerto y fue allí donde se despidieron.

–Ten –le dijo Khalid, poniendo en su mano la botellita de plata. Estaba prohibido que ella lo tuviera, pero no podía negarle lo único que le había pedido.

–Espero que no me lo confisquen –dijo Aubrey, intentando hacer una broma.

Dios, cómo odiaba tener que dejarla.

–¿Qué vas a hacer?

–Lo que siempre hago. Sobrevivir.

–No –replicó él, volviendo a abrazarla–. Luchar.

Compartieron un último beso y Aubrey se encontró de pronto en su asiento de primera clase, con una toalla caliente en las manos y esforzándose por no llorar.

Khalid comenzó su largo viaje hacia Al-Zahan mientras Aubrey volaba hacia Las Vegas.

«Oh, *abnay alhabib*… he luchado para que pasearas al sol y rieras como yo…».

Lo había hecho por fin. Y ahora, había llegado el momento de volver al desierto.

Y al deber.

# Capítulo 9

KHALID le había enseñado a Aubrey muchas cosas. Sobre su cuerpo, por supuesto, pero aún le había enseñado más sobre sí misma.

Rechazar aquel dinero había sido más duro de lo que él se podría imaginar, pero se alegraba mucho de haberlo hecho. Ahora sabía que la historia no iba a repetirse y que lucharía para pedirle más a la vida. Y, además, tenía un secreto.

Cada semana, sin que la familia ni los amigos lo supieran, llamaba a la puerta de un hombre de edad avanzada. David se hacía publicidad en Internet y le había hecho falta todo su valor para llamarlo e ir a su casa. Y, al contrario de lo que podía parecer, era él quien le cobraba a ella por aquellas sesiones de una hora.

Aubrey iba ahorrando las propinas, o no se tomaba un café que la ayudase a mantenerse despierta, y todo ello lo invertía en su sueño. Durante una hora, una preciosa hora a la semana, tomaba lecciones de violín.

Utilizaba uno de los violines de David porque no quería que su madre sospechara, pero para estudiar en casa, usaba el violín que Jobe le regaló con un silenciador.

Al igual que pagaba las recetas de su madre, la música era para ella su medicina.

Y todo ello lo hacía echando terriblemente de menos a Khalid.

Pronto lo superaría, se decía. Entre el trabajo y la música, aquella ansiedad iría desapareciendo, pero de momento no era así, en particular hacia las tres de la mañana, cuando tomaba el autobús nocturno de vuelta a casa. Ahí era cuando el dolor de la ausencia de Khalid se recrudecía.

Aquella noche, antes de tomar el autobús, pasó por la farmacia a recoger las medicinas de su madre. Una de las cicatrices del cuello se le había inflamado y le dolía mucho, y el día anterior habían estado en una clínica, algo que nunca era fácil, ya que su madre detestaba salir o que la vieran, pero se había tapado con bufandas, un gorro y unas gafas y por fin había logrado que le vieran la herida.

—¿Ya ha tomado esta medicación antes? —le preguntó el farmacéutico al darle las pastillas.

Aubrey asintió. Estaba demasiado cansada para explicarle que eran para su madre. Solo quería pagar e irse a dormir.

—Ya sabe que no debe conducir ni tomar alcohol, ¿verdad?

—Claro.

—Y que los anticonceptivos pierden efectividad mientras esté tomando esto —añadió, mostrándole el antibiótico.

Aubrey tragó saliva.

No, no lo sabía. Y aquellas eran las pastillas que había tomado para la infección del oído. No había ido al médico, sino que se había limitado a escogerlas del arsenal que tenía su madre.

—¿Cómo que pierden efectividad?

–Pues que no debe confiar en la píldora mientras las esté tomando –explicó el farmacéutico–. Tiene que protegerse –añadió con una sonrisa.

Pero no habían usado protección.

Mientras esperaba para pagar, intentó no pensar en las palabras del farmacéutico, pero tenía la sensación de que una mano le estaba apretando la garganta.

Si estuviera embarazada, lo notaría, ¿no? Sí, había sentido náuseas unas cuantas veces, pero había consultado en Internet y podía ser a causa de la otitis. ¡Se le daba de maravilla evitar tener que pagar por una consulta médica!

Habían pasado seis semanas desde que se había acostado con Khalid y no, no había tenido la regla, pero eso era porque no había dejado de tomar la píldora. Era mejor comprar una prueba de embarazo para quedarse tranquila.

Pero no surtió ese efecto.

Sentada en el borde de la cama, pellizcaba las cuerdas de su precioso violín. Era algo que hacía cuando estaba nerviosa, y aquella mañana lo estaba y mucho. Las dulces notas cesaron cuando vio el indicador cambiar de color, y toda esperanza que hubiera albergado alguna vez de salir de allí, cualquier sueño que hubiera tenido sobre su música o su vida, se desvaneció.

Se dejó caer de espaldas en la cama y contempló el techo. Dios, ¿qué iba a hacer? Khalid era un príncipe, un futuro rey. ¿Debía decírselo? Y, si lo hacía, ¿qué podía pasar? La cabeza le daba vueltas y más vueltas.

Oyó que su madre estaba levantada y escondió la prueba. Menos mal, porque entró.

–¿Has traído mis pastillas? –preguntó Stella a modo de saludo de buenos días.

–Se supone que debes llamar –le recordó Aubrey.

–He llamado, pero no has debido de oírme –su madre se acercó y se sentó a su lado–. Has estado llorando.

«¿Ah, sí?».

–Es solo que estoy cansada.

–¿Seguro que solo es eso?

Aubrey asintió. No es que le diera miedo decirle a su madre que estaba embarazada. Lo que temía era que creía saber cuál iba a ser su respuesta.

No sabía qué hacer, y las semanas siguientes se lo guardó para sí, día tras día, noche tras noche, pero el valor la había abandonado y, por primera vez, no se sentía segura en el trapecio.

–Un crío de cinco años podría haber hecho lo que tú has hecho hoy –le dijo Vince una noche.

–Es que hoy estoy un poco despistada.

–Pues o te centras, o te vas a casa.

Centrarse no podía y de pronto sintió miedo de caerse, así que se fue a casa.

Su madre y su tía Carmel estaban sentadas en el porche cuando llegó, su tía con un tinte rojo en la cabeza y una toalla sobre los hombros.

–Llegas pronto –le sonrió.

–Sí –respondió Aubrey. No quería dar explicaciones delante de ella.

–Hay cena –dijo su madre–. Come algo antes de irte.

–Esta noche no trabajo más –respondió ella–. Me voy a la cama.

Se metió en su habitación y se dejó caer en la cama.

Su madre y su tía no tardaron aquella noche en despedirse y la puerta de su habitación se abrió.

–¿Es que no puedes llamar? –le espetó a su madre.

–Lo siento –concedió Stella–. Aubrey, ¿qué te pasa?

–Vince me ha mandado a casa. Dice que un crío de cinco años podría haber hecho mi pase de hoy.

–Entonces, ¡vuelve allí y demuéstrale de lo que estás hecha!

–No puedo. Tengo miedo de caerme.

–Pero si tú nunca tienes miedo.

Aubrey respiró hondo.

–¡Porque nunca he estado embarazada!

–¡Aubrey! Podías habérmelo dicho –su madre suspiró con resignación.

–Te lo estoy diciendo ahora.

–¿De cuánto estás?

–De tres meses –contestó Aubrey, y cerró los ojos. Sabía lo que venía a continuación.

–Tienes que hacerlo ya. A partir de los tres meses, ningún médico querrá tocarte…

–¿Es eso todo lo que tienes que decir? –le espetó a su madre.

–Deshazte de ese embarazo, Aubrey –respondió Stella. No estaba enfadada–. ¿Qué más hay que decir? ¿Sabes quién es el padre?

Aubrey no dijo nada, y le partió el corazón que su madre tomara su silencio por un «no».

–No vas a poder trabajar mucho tiempo más, y ahora apenas llegamos a fin de mes…

–¿Y de quién es la culpa? Llevas cuatro años sin trabajar.

–Nadie me va a dar trabajo estando así. De no haber sido por el fuego, Jobe habría…

Pero no quería volver a oír la fantasía de su madre sobre que Jobe las habría rescatado.

–Podrías trabajar por teléfono. La tía Carmel dijo que podía conseguirte un trabajo así. También podrías trabajar en la limpieza de algún hotel, pero no, te quedas aquí sentada tomando pastillas y quejándote del dinero que no tenemos sin hacer absolutamente nada para solucionarlo.

–¡Aubrey, no puedo salir así!

–¿No puedes, o no quieres? –le gritó ella.

Era una pelea que se veía venir, pero que Aubrey había contenido porque no quería hacerle daño a su madre, pero ahora… ¡no quería renunciar a su hijo!

–Mañana por la noche volveré al trabajo y ganaré para mantenernos a mi hijo y a mí, y, cuando empiece a notarse el embarazo, seré yo quien trabaje por teléfono y de limpiadora, pero no pienso matar a mi hijo porque tú quieras seguir sentada aquí y dejar que la vida pase de largo.

Aubrey se vistió y salió. Caminó en la noche llorando y clamando a Khalid, pero aterrada de las consecuencias que podría tener que se enterase.

¿Insistiría en que se deshiciera de él, o querría reclamárselo? ¿Se lo arrebataría?

Era mejor no arriesgarse a averiguarlo.

Si algo había tenido de bueno aquel día y la pelea con su madre era que le había enseñado una cosa: quería tener a su hijo. Lo quería desesperadamente.

Y sobreviviría.

Nadie debía saberlo. Jamás.


Era muy tarde cuando volvió a casa. Tía Carmel estaba allí con su madre.

–¡Aquí está! –su tía sonrió.

–Tienes la cena caliente. Siéntate, que te la traigo –su madre le llevó una bandeja con mucho aspaviento–. Lo siento, hija.

–Lo sé.

Su madre había estado llorando. Era muy duro para ella. No solo la noticia del bebé, sino las palabras ásperas que se habían dicho.

–Es que ha sido una sorpresa. Sabes que odio cómo ha salido todo. De no haber sido por aquel maldito incendio, Jobe y yo…

Aubrey cerró los ojos. Ahora sabía que no había sido el incendio lo que los había separado, y tampoco Chantelle. Jobe adoraba a su madre, pero solo había sido una vía de escape para él.

–Mañana haré unas llamadas e intentaré buscarme un trabajo. Estaremos bien, Aubrey. Siempre hemos salido adelante.

Sí. Siempre habían estado bien. Más o menos.

# Capítulo 10

AYIZ Haris Johnson.

Era Haris el nombre por el que lo llamaba su madre y sus amigos, pero Aayiz era el que Aubrey llevaba en el corazón, el que musitaba en voz baja cuando lo acurrucaba.

Significaba «reposición». Un regalo a cambio de algo perdido. Aubrey tenía la sensación de haber perdido el corazón y que el nacimiento de su hijo le había devuelto un pedazo.

Era tan precioso… Tenía unos ojos almendrados que te miraban al alma y una piel de color caramelo como la de su padre. Era un bebé serio, pero con cuatro meses la sonrisa que iluminaba su carita cuando veía a su madre la derretía.

El parto había sido duro, no tanto físicamente, aunque había nacido unas semanas antes de la fecha, sino porque quería tener a Khalid a su lado y volver a sentir la seguridad que le había dado estando junto a ella, volver a sentirse cuidada como cuando le ofreció un lugar para descansar.

Por lo demás, las cosas habían mejorado. Los Johnson eran unos supervivientes. Después de la pelea, su madre había aceptado rápidamente que tenía un nieto en camino y eso la motivó a buscar trabajo.

Empezó por hacer limpieza en uno de los hoteles más caros del Strip, el bulevar de Las Vegas, y ahora era ya supervisora.

El dinero seguía siendo un problema. Casi al mismo tiempo que su madre había encontrado trabajo, ella había tenido que dejar de bailar y el trapecio. Encontró trabajo de recepcionista durante un par de meses, pero el pago era irregular.

Seguía haciendo ejercicio a diario y estaba decidida a volver al trapecio y a mover las piernas en Fremont Street en cuanto pudiera.

Pero, a pesar de todo, Aayiz valía la pena.

—Eres tan guapo como tu padre —le dijo un día que lo tenía en su cama, acariciándole el cabello negro. Había esperado que sus ojos se volvieran del mismo color del cobre bruñido que los de su padre, pero seguía teniéndolos muy azules.

Alguien llamó a la puerta suavemente, indicándole que quien llegaba no era su madre.

—Está dormido —le dijo en voz baja a su tía Carmel al verla entrar.

—¿Puedo tenerlo en brazos un poco? —preguntó su tía, tendiendo los brazos. La familia y las amigas lo mimaban—. ¿Qué tal te va? —se interesó, acunando a su sobrino nieto.

—Bien.

—Has vuelto ya al trapecio.

Aubrey asintió.

—Solo estoy practicando. Creo que ya estoy casi lista, pero quiero estar segura. Aún tengo dos o tres kilos que perder y no quiero darle a Vince una razón para que vuelva a mandarme a casa.

—Te lo pregunto porque el otro día me encontré con

Brandy. Ya la conoces del funeral de Jobe. Estuvo casada con él, ya sabes...

–Sí, lo sé –Aubrey sonrió.

–Lleva una escuela de danza.

Ella asintió. También lo sabía.

–Brandy necesita encontrar algunos artistas que poder enviar a Al-Zahan para la gran inauguración. Van a enviarle a un representante desde allí para las audiciones, pero todas sus chicas son tan buenas que ya están contratadas. Necesitan unas cuantas más, y Brandy quiere la comisión. Me ha preguntado por ti.

De pronto, Aubrey dejó de asentir.

–Cobran un buen dinero –añadió Carmel.

–Aún no estoy recuperada del todo.

–Acabas de decir que te falta muy poco. Es una actuación como telón de fondo, nada que no puedas manejar. Por lo menos deberías hablar con Brandy. Me ha dado su tarjeta.

Carmel la dejó sobre la cama.

–No voy a dejar al bebé. Es muy pequeño aún.

–Es solo una semana, y volarías en primera. Con lo que te pagarían, podrías olvidarte de doblar turnos, y al final estarías más tiempo con Haris.

–No lo voy a hacer.

–Piénsalo un poco –sugirió su tía, y colocó al bebé en el moisés que las amigas de Aubrey le habían regalado.

Pronto se le quedaría pequeño y tendría que comprarle una cuna, y también un carrito porque se hacía demasiado grande para que su madre lo llevara en brazos mientras ella estaba trabajando.

Pero la decisión tenía poco que ver con el dinero.

Si se iba a Al-Zahan, podría ver a Khalid. Estaba desesperada por verlo, pero...

Había esperado y esperado que sus sentimientos se aplacasen, pero no había ocurrido.

Abrió la mesilla y sacó la botella de plata que tenía escondida en un calcetín y volvió a respirar su perfume, que le trajo a la memoria la primera vez que lo vio.

Aunque pudiera, no cambiaría lo que había habido entre ellos, y miró a Aayiz, que dormía plácidamente, y volvió a preguntarse si debía decírselo a Khalid.

¿Sería aquella la única oportunidad de hacerlo?

Desechó el pensamiento nada más tenerlo. La inauguración del hotel Royal Al-Zahan iba a ser un acontecimiento y, aunque Khalid estuviera allí, apenas la reconocería vestida para el trapecio entre tantos y tantos artistas.

Pero ¿y si...?

Había una mínima posibilidad de volver a verlo, y no sabía cómo resistirse. Y aunque no ocurriera, así podría ver con sus propios ojos el palacio rosado y podría hablarle un día a Aayiz del país de su padre.

Mientras su madre y su tía charlaban fuera, tomó la tarjeta y llamó a Brandy para organizar una audición.

# Capítulo 11

AL-ZAHAN era un sueño. Aubrey no se podía creer que estuviera en el reino de Khalid.

Dejar a Aayiz había sido duro, pero su madre se había comprometido a cuidarlo de mil amores.

—Carmel y yo no lo perderemos de vista –le dijo cuando se despedían. Tenía al niño sentado en una pierna y le estaba haciendo muecas. El chiquillo, tan serio, se reía de buena gana.

Aayiz había obrado maravillas con su madre. No le importaban sus quemaduras. Miraba a su abuela sin preocuparse y le sonreía.

—Hay algo junto al televisor para ti –le dijo su madre.

—Tengo la maleta muy llena –protestó ella, pero vio que se trataba de un paquete pequeño y delgado, y tía Carmel y su madre sonreían.

Lo abrió. Era un medallón de plata con tapa, y al abrirlo se encontró con una foto de Aayiz, y los ojos se le veían tan grandes y azules como si lo estuviera mirando en persona. Aubrey se echó a llorar.

—¡No pienso quitármelo nunca!

—Me lo imaginaba –su madre sonrió–. Por eso es una gargantilla: para que puedas llevarlo cuando estés trabajando.

Aubrey volvió a llorar al darles las gracias a las dos, porque sabía que un regalo como aquel no había sido fácil de pagar para ellas.

Lo llevaba al cuello en aquel momento, y era como si Aayiz estuviera en Al-Zahan con ella.

El complejo donde vivía el personal era muy lujoso. A ella le habían dado una suite que miraba al desierto, y aunque las actuaciones eran largas e intensas, al final del día se veía recompensada con un maravilloso baño y un masaje.

Había vuelto a recuperar las sensaciones y volvía a ser la de siempre.

Philippe, el coreógrafo, les había recomendado descanso, pero de vuelta al complejo Aubrey había sugerido que aprovechasen la única tarde que tenían libre para conocer un poco su entorno.

Era consciente de que quizás nunca pudiera llevar a Aayiz allí, así que tomó miles de fotos con el móvil, pero también intentó guardarlo todo en la memoria, la riada de imágenes, sonidos y olores, para algún día poder contárselo todo a su hijo: cómo las construcciones se hermanaban con el desierto, cómo la cúpula rosada y dorada del palacio brillaba a la luz del sol. Cómo lo antiguo se maridaba con lo moderno, cómo en el perfil de la ciudad había dos enormes torres en rosa y dorado, la más alta, el hotel de su padre, que parecía una gigantesca ola dorada que arribara del océano que tenía a las espaldas.

Aquella misma noche, cuando se pusiera el sol, todas las luces se encenderían, y habría un pequeño pase para todos aquellos invitados a entrar en el hotel Royal Al-Zahan.

Cuando giraron en una esquina, vieron que una

pequeña multitud se había reunido para contemplar la increíble vista del palacio con el mar detrás.

Era descorazonador imaginarse que Khalid podía estar ahí dentro. Encontrarse tan cerca y que él no lo supiera.

¿Querría saberlo?

Un año de separación había desdibujado bastante las cosas. Aubrey sabía cómo se sentía ella porque no pasaba un minuto sin que lo echara de menos, pero la absoluta certeza que tenía antes de que su lugar estaba entre sus brazos había palidecido y se preguntaba si Khalid no se habría limitado a decir las cosas que ella quería oír.

Sacó una foto del palacio y el guía que los acompañaba habló:

—La gente se reúne aquí porque es el lugar desde donde mejor se contempla. Esperamos a que la puerta de oriente se abra y que el joyero y el místico salgan. Entonces la novia habrá sido elegida.

A Aubrey se le detuvo el corazón al pensar en el joyero del que le había hablado Khalid.

—Dicen que el anuncio es inminente –continuó el guía–, aunque llevan diciéndolo un año, pero últimamente se ha visto más actividad en el palacio, así que esperamos que ocurra de un momento a otro. Quizás tengamos suerte, salgan ahora y podamos presenciar una boda real.

«¿Suerte?», pensó Aubrey. Se moriría si tuviera que presenciar algo así.

—¿Cuánto tiempo pasa desde que salen hasta que se celebra la boda? –preguntó alguien.

—Cuando el joyero y el místico salen, la boda debe celebrarse antes de dos puestas de sol. Tiene que ser así, o el país caerá.

–¿Caerá? –preguntó Aubrey–. ¿Es una leyenda?

–No. Está escrito en las leyes más antiguas que, si no se celebra una boda en el tiempo indicado, la familia real será destronada y nos dirigirán desde el continente. Cuando las puertas se abren, la cuenta atrás comienza.

Eso era lo que Hussain había dicho…

Uno de los bailarines hizo otra pregunta.

–¿Cómo elige a su novia el príncipe?

–El heredero no elige. No toma parte en la decisión.

–¿Por qué?

–Porque un joven príncipe estaría pensando con el corazón, cuando lo que debe tener en cuenta es lo que sea mejor para su país. Por eso se deja la decisión al consejo de ancianos y, en última instancia, al rey.

Aubrey ya lo sabía, pero oírlo así, saber que no había posibilidad alguna para ellos…

No tardaron en conducirlos de vuelta al hotel, y pasó las horas descansando antes de la apertura, que era el momento en el que esperaba poder ver a Khalid aunque fuera de lejos.

Y no era la única. Todo el país se congregaba en las calles intentando ver la procesión de coches presidida por el rey, por supuesto.

Detrás de él iban los príncipes Hussain y Abbad, y la princesa Nadia. Solían aparecer poco en público, y la gente se enardeció. Pero fueron el príncipe heredero Khalid, los invitados más distinguidos, y de la monarquía del continente, la reina y su esposo, el príncipe consorte, quienes despertaron los vítores más intensos.

Khalid llevaba una túnica negra y una *kufiya* plateada. Sobre el hombro llevaba un látigo y en las caderas un cinturón de cuero del que pendía su *jambiya*, la daga tradicional. Cuando bajó del coche, los miembros de la realeza del continente fueron presentados a los hermanos Devereux y sus esposas.

—Por fin —comentó Ethan mientras esperaban los discursos y el encendido de las luces.

Habían transcurrido años desde el inicio del proyecto, y al final se había acabado levantando pese a la oposición del rey.

—Sí, por fin —convino Khalid.

Sin embargo, a pesar de la sensación de objetivo logrado, a pesar de la algarabía de la gente, Khalid estaba deseando que acabasen las formalidades y que se encendieran las luces del hotel Royal Al-Zahan. Y quería que todo terminara porque sabía que Aubrey estaba dentro.

Vestida con una malla dorada, Aubrey recorrió corredores y escaleras traseras para ocupar su lugar.

Formaba parte de la luz dorada de una puesta de sol, y aunque sabía que no era más que un pequeño engranaje en una enorme rueda, estaba entusiasmada.

Las horas de sueño, los mimos, las increíbles instalaciones de entrenamiento del hotel y la dieta equilibrada habían funcionado como una goma de borrar para aquellos últimos kilos y las telarañas de la fatiga.

El vestíbulo era enorme, con una cúpula transparente por la que se veía el cielo de Al-Zahan en todo momento. Había entrenado allí toda la semana y era como volar en el cielo azul o bailar en la lluvia, una tarde que hubo tormenta.

Y en aquel momento, bajo el cielo de la noche estrellada, ocupó su lugar en el aro suspendido por cables invisibles y tuvo la sensación de que, si estiraba un brazo, tocaría una de las nubes que pasaban. Y acariciando el medallón con la imagen de su hijo, supo que su padre estaba cerca.

–¡Oh, Khalid! –exclamó Nadia al entrar con sus hermanos–. ¡Es como entrar en el paraíso!

Las fuentes, las bailarinas en el cielo, la brisa nocturna… era como estar en el desierto en una noche mágica.

–Mira –señaló Hussain mirando hacia lo alto. El cielo de la noche había cobrado vida. Pájaros y guerreros evolucionaban–. Creía que eran estatuas.

Khalid no levantó la vista porque no podía fallar en aquel momento. La velada tenía que resultar perfecta. El rey parecía aburrido, pero la reina y el príncipe consorte estaban maravillados. Khalid habló con el consejo de ancianos que le habían confiado aquel proyecto y experimentó un tremendo alivio al comprobar su aprobación.

Y, sin embargo, aunque prevalecía el deber, estaba sintiendo la llamada de los ojos de Aubrey.

«Mírame, ¡mírame!», rogaba ella en silencio, acurrucada en una bola dorada.

Pero Khalid no la miró.

Aun cuando los pájaros se alejaron, los guerreros volvieron a sus fuegos y llegó su momento cuando el sol se ponía en el desierto, no logró atraer su mirada.

Con gracia y agilidad, en todo lo alto, se apoyó en las manos y levantó las piernas despacio mientras el aro giraba. No miró hacia abajo para no caerse, pero bailó para él, se movió para él y rezó por que pudiera verla.

Pero él no se atrevió.

—Alteza —murmuró Laisha. Tenían que continuar. La actuación había terminado y tenían que tomar los ascensores para subir al restaurante de la última planta donde cenarían, algo que Nadia estaba deseando.

Pero había habido un cambio de planes.

—El rey va a volver a palacio ahora.

Khalid habría apretado los dientes ante el desaire del rey, pero no se esperaba otro comportamiento por su parte y lo encajó bien.

—Iremos a la entrada para despedirlo —contestó, cuando su deseo más oscuro era que desapareciera sin hacer ruido.

Y para siempre.

El ambiente un rato más tarde, sentados a la mesa del restaurante, fue mucho más distendido que si el rey hubiera estado presente.

—Dígame, Alteza —dijo la reina del continente tras los brindis—, ¿cuál es su próximo proyecto?

—Tenemos pensado construir más hoteles.

—Eso ya lo sé —la reina sonrió—. Cuénteme algo que no sepa.

Mejor no hacerlo porque aún no había abordado el tema con el rey, de modo que se limitó a charlar educadamente.

La comida era exquisita, como no podía ser de otro modo, pero Khalid llevaba más de un año sin poder disfrutar de ella. Y aunque había helado de halva a petición suya, nunca sabría igual sin tener a Aubrey a su lado.

Abe y Naomi, su esposa, estuvieron bastante calla-
dos durante toda la cena, pero la reina intentó hacer
hablar a Khalid.

–Seguro que disfrutará más de estos eventos asistiendo acompañado por su esposa, ¿no?

«No».

Porque su corazón ya estaba comprometido.

Pero, en lugar de la verdad, murmuró una respuesta adecuada que lamentó de inmediato porque la
reina, que estaba intentando ser agradable, parpadeó
como si la hubiera despachado.

–Príncipe Khalid –dijo Nadia, que debía hablar
formalmente en aquella ocasión–, nuestra madre se
habría sentido muy feliz esta noche.

Desde luego que sí, teniendo a sus hijos juntos y
con un maravilloso hotel construido a pesar de la oposición del rey.

–Por supuesto que sí –corroboró, y miró a Hussain,
que siempre se mostraba ansioso en los eventos for-
males. Y luego a Abbad, que con quince años le recordaba a sí mismo a la misma edad, cuando llegó por
vez primera a Nueva York y su personalidad comenzó
a emerger.

Nadia le preocupaba, porque era un espíritu libre y
salvaje y deseaba, cuánto lo deseaba, saber cómo conducir eso, cómo hablar con ella, cómo advertirla sobre
los chicos, porque habían empezado a mostrar interés
en ella y Nadia se lo estaba devolviendo.

Ojalá supiera qué decirle. Aubrey seguro que sabría.

«Aubrey».

Bailaba en su pensamiento, giraba en su pensamiento, pero seguía inalcanzable.

Sabía que había conseguido mucho, y no solo el hotel, que apenas era calderilla comparado con la libertad que había logrado para sus hermanos. Estaba creando más prosperidad y alegría para su pueblo, pero a un coste importante en el ámbito personal, ya que no podía apartarse del camino que su padre dictaba, o la espada caería sobre Hussain y lo aplastaría.

Pero él no era un mártir. También deseaba ser rey y dirigir los destinos de aquella hermosa tierra. Y ahora, con el hotel ya terminado, las excusas se habían agotado y era el momento de aceptar la elección del rey de una esposa adecuada.

No había solución que funcionase para todos.

Por lo menos aquella noche iba a disfrutar de una rara recompensa.

–Cinco minutos, ángeles…

Aubrey se ajustó el fino traje blanco que llevaba que la cubría hasta los pies para el número final y se retocó a toda velocidad el maquillaje brillante. Ya estaba peinada.

Sujetando el medallón corrió por las escaleras y pasillos hacia su destino, que era el vestíbulo. Cuando los invitados fueran saliendo, habría un cielo angelical despidiéndolos.

Y sabía que aquella sería la última vez que vería a Khalid.

–Ángeles, ocupen sus puestos.

Se untó de magnesio las manos y los pies y subió una larga escalera hasta la plataforma y su aro, y, cuando dio la señal de que estaba preparada, la subieron hasta lo alto de la cúpula.

Se sentía muy segura con el equipo y había entrenado duro. Los nervios que le palpitaban en el pecho estaban reservados para Khalid.

En aquel momento fue consciente de que no estaba allí por el dinero extra, o para saber más de la herencia de Aayiz, sino por una razón mucho más patética: poder mirar a Khalid a los ojos. Hacerle saber de alguna manera que había estado y que siempre estaría en su corazón y en sus pensamientos, aunque nunca pudieran volver a estar juntos.

La música era sutil, pero le palpitaba por dentro como debía ocurrir con cualquier música hermosa. Sintió las notas lacrimosas del violín y el pálpito del bajo mientras adoptaba la posición de gacela en el aro, la cabeza baja, la pierna izquierda al frente y sosteniéndose en la derecha.

Y mantuvo la posición aun cuando él pasó por debajo, pero no la vio.

Se recogió sentada sobre el aro y esperó de nuevo su entrada mientras era el turno de las palomas.

Entonces Khalid miró hacia arriba.

Y, cuando lo hizo, Aubrey se creyó capaz de volar.

Él no buscó en el vestíbulo, ni hubo de rebuscar entre tanta gente, sino que alzó su noble cabeza y la miró directamente a los ojos. Y, si hubiera extendido los brazos, ella se habría dejado caer sin dudar por lo fuerte que era la atracción que ejercía.

No dudaba de si la había reconocido. Su corazón estaba seguro de ello. Un momento que atesoraría para siempre, con la música sonando como telón de fondo exclusivo para ellos, porque el violín parecía llorar.

Aubrey no podía apartar la mirada. Ni siquiera

cuando Philippe la reprendió por no ejecutar el siguiente movimiento. Sonrió. Khalid la había visto. Los kilómetros que había recorrido, la separación de Aayiz habían valido la pena.

Hasta que apartó la mirada.

Khalid se volvió y salió caminando, y Aubrey se dio cuenta de que aquel breve instante iba a ser todo lo que le quedara de él, ya que desde allá arriba se había visto obligada a verlo marchar.

Y aquel breve instante no había sido suficiente.

Toda aquella semana, todas las esperanzas que había puesto en aquella noche, todos los sueños que había contenido esperando aquel momento, terminaron en el anticlímax más horrendo. Quería gritar. Quería llamarlo por su nombre, decirle que lo quería, solo para que se diera la vuelta.

Pero él no lo hizo.

Se marchó sin tan siquiera mirar atrás un segundo.

Aubrey no pudo ni llorar porque el espectáculo tenía que continuar y, al fin y al cabo, le pagaban muy bien por aquello. Así que siguió hasta que el último de los invitados abandonó el hotel y pudo bajar.

Mientras descendía por las escaleras, su único consuelo era pensar que iba a llamar a casa y a preguntar por Aayiz, pero por el momento no podía detenerse a recuperar el aliento o a secarse las lágrimas que empezaban a caer porque le estaban dando indicaciones insistentemente de que subiera por otra escalera.

Y de nuevo más arriba, cuando estaba segura de que debía ir hacia abajo. Además, el resto de compañeros no la seguían. De hecho, eran dos hombres trajeados quienes la seguían, pero, cuando se hizo a un lado para dejarlos pasar, la sujetaron por los codos.

–¿Qué hacen? –gritó, pero ellos no respondieron, sino que la alzaron hasta que sus pies no tocaron el suelo y, gritando y pataleando, la llevaron a un ascensor y subieron y subieron hasta llegar a la azotea, salir por una puerta y encontrarse con un helicóptero que los aguardaba.

Fue entonces cuando supo que ningún accidente o ningún golpe del destino la había llevado hasta Al-Zahan.

–¡Suéltenme! –gritó, pero el ruido de los rotores ahogó sus gritos.

No le daban miedo las alturas, por supuesto, pero el repentino ascenso del helicóptero al cielo de la noche hizo que le diera un vuelco el estómago y el miedo a desaparecer sin más la invadió.

«Aayiz».

Quería gritar su nombre porque de pronto cayó en la cuenta de que, si Khalid lo había organizado todo para que ella estuviera allí, entonces podía saber lo de su hijo.

# Capítulo 12

**A** DÓNDE me llevan? –exigió saber Aubrey, pero decidió que lo mejor era ahorrar fuerzas.

«¿Qué fuerzas?», se preguntó un segundo después.

Su fuerza era totalmente insignificante frente a Khalid. Miró el vasto desierto, angustiada más que maravillada, y se sintió un grano de arena, un insignificante peón en su juego.

Debieron de permanecer volando una media hora, aunque a ella le pareció una eternidad. No había luna en el cielo para que se pudiera orientar, ni marcas de ninguna clase hasta que la luz de la aeronave iluminó una enorme tienda. A la derecha había caballos agrupados en una empalizada, que en un primer momento le parecieron muñecos, pero al descender pudo ver cómo empezaban a arremolinarse asustados por las luces y el ruido.

Ella también estaba aterrada, pero, como siempre, decidida a no dar muestras de ello.

La sacaron del helicóptero y la condujeron a un vasto complejo de tiendas. Sentía el aire frío en los pulmones y nunca había visto tantas estrellas en el cielo. Unos universos distantes giraban en un firmamento sin luna, e incluso el ruido de los rotores quedó ahogado por el aullido del viento.

Hasta que, de pronto, todo quedó en silencio al entrar, pero un silencio que no calmó su desazón.

La recibió una mujer, pero los guardias la condujeron por unos largos pasillos blancos hacia el centro. El aire se volvió más templado y aromático, y Aubrey no tuvo duda alguna de que la conducían a él.

Había un fuego en el centro y unas gruesas alfombras y espesos cortinajes adornaban las paredes. Había una plataforma, pero apenas pudo registrar nada más porque allí, sobre la plataforma, más formidable y más poderoso que nunca, estaba Khalid.

–Debe arrodillarse ante el príncipe heredero –dijo la mujer.

–Ya me arrodillé ante él en una ocasión y fíjese dónde me ha conducido –le espetó ella, y vio que él apretaba los dientes.

–¡Arrodíllese ante el príncipe! –insistió la mujer.

–No hasta que me digan por qué estoy aquí.

–Yo me ocupo –dijo él.

La mujer y los guardias desaparecieron.

–¿Cómo estás, Aubrey?

–Bien. O lo estaba hasta que me han secuestrado.

Le castañeteaban los dientes, pero se mostraba desafiante.

–No seas tan melodramática. ¿De qué otra manera iba a traerte aquí? Este arreglo ha sido muy difícil de organizar.

–¿Arreglo?

–No pensarás que estás en Al-Zahan por casualidad.

–No, pero creía que se debía al trabajo duro que he venido haciendo.

Se había sentido orgullosa de que la eligieran, del trabajo que había invertido y del dinero honrado que ganaría, y eso era lo que más le dolía de todo: que aquello no fuera más que un «arreglo».

–¿Y cómo si no iba a hacer que vinieras? –preguntó, sorprendido de verle los ojos llenos de lágrimas. Estaba convencido de que correría a sus brazos.

Pero no. Lo miraba con desconfianza.

–Esperaba verte en el funeral –admitió Khalid.

–No pude permitírmelo –contestó ella. ¿Debía hablarle de su hijo? Estaba claro que no se había tragado aquella débil excusa. De no haber sido por Aayiz, habría ido aunque fuera a dedo con tal de volver a verlo–. ¿Cómo lo has organizado? Fue mi tía quien me habló de las audiciones.

–Hablé con Brandy en el funeral y Laisha lo arregló todo.

Si el príncipe heredero quería un arreglo discreto con una trapecista de Las Vegas, se le proporcionaba. Y, si el príncipe heredero quería que la trapecista en cuestión no tuviera ni idea de que su mano había movido los hilos, se podía arreglar.

Excepto que aquel no estaba siendo el feliz encuentro que él se había imaginado.

–¿Te casas pronto?

–No quiero hablar de eso.

–Yo tampoco, pero resulta que es relevante, Khalid.

Él bajó de la plataforma y al acercarse a ella vio que temblaba de miedo. ¿Por qué?

–Siento que te hayan asustado, pero es que era el único modo de traerte hasta aquí.

Pero no era el método lo que la había aterrado, sino el estar allí y tener que decirle a Khalid que tenía un hijo.

–Tenemos que hablar.

–Luego –contestó él. Su mano le rozó el brazo y ella tembló. Su colgante saltaba con los latidos de su corazón.

Un año sin contacto, un año de sufrimiento y mentiras, y quería derretirse en sus brazos y apoyar la cabeza en su pecho, pero, en lugar de eso, temblaba, asustada, anhelante y furiosa porque él hubiera asumido que sucumbiría sin más.

Y avergonzada porque iba a ser exactamente lo que ocurriría.

–Lo que quiero decir es que primero tienes que comer.

A Aubrey se le escapó una risa ahogada.

–¿Comer?

–Has estado actuando y tienes que alimentarte. Seguro que tienes hambre.

–Khalid…

Se cubrió los ojos con las manos, pero allí tampoco podía esconderse.

–Sé que ha debido de ser un susto que te sacaran del hotel así. No quería asustarte, pero es que nadie podía saber que…

–Khalid –le interrumpió ella, pero le resultó imposible hablar, de modo que se llevó las manos al cuello, se quitó el medallón y se lo entregó.

–¿Qué es esto?

–Ábrelo.

Casi no se atrevía a mirarlo mientras lo hacía, pero se obligó.

«Contenido» era un término que había utilizado en una ocasión para describirlo, y le pareció perfecto para aquel momento porque Khalid no dejó entrever absolutamente nada de lo que estaba pensando.

Khalid no sabía qué pensar.

Solo entendía una cosa: que aquel bebé era hijo suyo.

Pedirle aclaraciones sería una pérdida de tiempo porque él estaba allí, en las facciones de aquella criatura, lo mismo que sus hermanos y su madre y sí, también el rey.

No había silencio en el desierto.

Podía oír el flameo de las paredes de la tienda y el aullido del viento. Y podía oír el crepitar de la leña en el fuego, pero no podía oír su propio corazón.

¿Cómo era posible que no lo supiera? ¿Cómo podía no haber sabido que aquel niño había nacido?

–¿No pensabas decírmelo?

Aubrey respiró hondo, pero no logró que su voz sonara tranquila.

–He pensado en decírtelo cada día.

–Pero no lo has hecho. Si no te hubiera traído aquí, ¿habrías llegado a decirme en algún momento que habías dado a luz a un hijo mío?

–No lo sé –admitió Aubrey.

–¿Qué clase de respuesta es esa?

–Una respuesta sincera.

–¿Cómo una mentirosa puede decir que es sincera?

Ojalá rugiera, porque la gélida serenidad de su voz era más aterradora. Quería huir, pero allí no había dónde esconderse.

–¡Me dijiste que sería algo sin precedentes! –respondió. Ella sí gritaba–. Me advertiste que no podía quedarme embarazada de ti.

–Pero lo hiciste.

–Sí –confesó, y el miedo de todos aquellos meses se alzó, lo mismo que la ira que había contenido y que en aquel momento le golpeaba contra el pecho–. Y salí adelante porque tenía miedo de cómo querrías tú…

–¿Cómo querría qué? –inquirió Khalid, agarrándola por las muñecas.

–Que igual querías que me deshiciera del bebé.

–No.

–O que te lo traerías aquí donde yo no podría estar con él.

–¿Él?

–Sí. Con él –y las lágrimas que le rodaron por las mejillas no fueron por ella, sino por Khalid, porque ni siquiera sabía que tenía un hijo–. Aayiz. Nuestro hijo se llama Aayiz.

–«Reposición» –tradujo él en voz baja–. Un regalo a cambio de algo perdido.

–Pero no puede reemplazarte. Lo quiero muchísimo, pero no puede reemplazarte…

–¡Entonces, deberías habérmelo dicho! –Khalid alzó la voz porque la verdad estaba empezando a calarle. Era consciente de que aquella noticia podía acabar con él porque nada le gustaría más a su padre que poder pasar al siguiente en la línea de sucesión y tener a un Hussain, mucho más maleable que él, en las manos. Pero eso no era lo que le preocupaba en aquel momento–. Debería haber sido informado.

–¿Cómo? ¿Dejándote un mensaje en la recepción del palacio? ¿Haciéndolo público en los periódicos quizás? No me dejaste modo alguno de contactar contigo.

Deliberadamente, porque habría sido imposible

resistirse. Había pasado más de un año echándola de menos, su cuerpo aullando por ella, y la única barrera había sido la distancia y que tendría que contar con otras personas para poder volver a estar con ella.

Incluso así no se había rendido.

Y allí estaba.

–Aayiz Haris Johnson –Aubrey vio que entrecerraba los ojos al oír el apellido del niño–. Nació diez semanas antes de la fecha, pero todo fue muy bien. Solo necesitó un poco de oxígeno y ayuda en las tomas.

Podría haber muerto y él ni siquiera habría sabido de su existencia.

–¡Deberías habérmelo dicho! –rugió.

Por primera vez, aquel hombre contenido gritó y su ira le fue devuelta multiplicada por diez.

–¿Y qué habría pasado? ¿Qué solución me habrías dado, príncipe Khalid? –estaba enfadada por los dos, no con él–. Puedes complacer a tu pueblo, puedes librar a Hussain de la carga y puedes complacer a tu padre, ¡pero no podrías solucionar lo nuestro! No tiene solución, Khalid.

Él detestaba la carga y las limitaciones de su vida. En aquel momento, lo odiaba tanto que, de un tirón, se arrancó el *kurbash* que llevaba al hombro y sacó de su vaina la daga con intención de dejarla a un lado, pero asustó tanto a Aubrey que ella gritó.

–¡Aubrey! Me lo he quitado todo para no intimidarte.

El guerrero del desierto al que se había enfrentado simplemente desapareció, dejando ante ella al hombre que conocía.

–Khalid, no sabía qué hacer.

Él tampoco. Pero entonces ya podía oír su corazón. Ya lo oía rugir en sus oídos y volar por las venas.

El amor era un lujo que le estaba vetado, pero allí estaba, ante él, y no era solo la idea de que algo le ocurriera a Aayiz lo que le aterraba, sino todo lo que podría haberle ocurrido a ella.

Se habían acabado las convenciones y aceptar su independencia. Quería tener la familia que le estaba prohibido tener, allí, en Al-Zahan, donde poder protegerla.

«Allí».

—¿Khalid?

Oyó su voz y vio sus ojos abiertos de par en par. Respiraba agitadamente, como si hubiera estado corriendo y vio su pecho subir y bajar. Tenía los senos algo más grandes que antes, y era la única diferencia física que podía ver, pero quería comprobarlo todo.

Quería volver a hacerla suya.

Aubrey notó su deseo, y sintió una oleada de calor entre las piernas, pero luchó por controlarse porque necesitaban hablar. Tenía que convencerse de que no necesitaba su contacto, que podía rechazar sus besos. Sin embargo, él abrió los brazos y ella corrió a dejarse abrazar con tanta fuerza como si hubiera caído del aro suspendido en el cielo.

Un año de dolor y pérdida no se desvaneció con aquel contacto, sino que por el contrario cobró fuerza cuando sus bocas se reclamaron.

No había palabras que pudieran ayudar porque ninguno de los dos conocía las respuestas. El contacto tendría que bastar por el momento.

O casi.

El amante considerado que ella había conocido estaba desaparecido en aquella oscura noche del desierto. Ahora su barba le raspaba y su lengua la obligó a abrir la boca y le quitó la respiración.

Con su fuerza la hizo caer de espaldas, pero sus brazos amortiguaron la caída. Él se quitó el cinturón de la túnica y rasgó las finas mallas que ella llevaba.

–Perdóname –dijo cuando metió una pierna entre sus muslos.

–No hay nada que perdonar –gimió ella.

–¿Te dolerá después de haber dado a luz?

–No lo sé –contestó, y gimió al sentir que la penetraba lentamente y que su cuerpo se adaptaba a él. Su estremecimiento le dijo que estar por fin dentro de ella había sido largamente esperado–. No –lo tranquilizó. No le había dolido.

Un año de sufrimiento quedó borrado.

Tocó su cara, tocó sus hombros, y ella sintió que su poder volvía a encenderla. Sintió los avisos de su cuerpo a medida que él se movía con más fuerza y rapidez, hasta que de pronto se quedó quieto. Una descarga le sacudió la espalda, pero al mismo tiempo que llegaba al éxtasis lloró, porque él se había retirado.

–Khalid…

Fue inesperado y delicioso sentir cómo se derramaba sobre ella. No le llegaba aire suficiente a los pulmones y estaba satisfecha, pero al mismo tiempo no lo estaba.

–Tomo la píldora.

–Eso dijiste.

Sus palabras sonaron acusadoras, y ella hizo ademán de levantarse ofendida, pero Khalid la abrazó con fuerza.

–Quiero cuidaros a los dos…

–¿Pero?

No hubo respuesta.

# Capítulo 13

¿PERO? –se aventuró ella de nuevo.

En lugar de contestar, Khalid sugirió que comiese algo y que hablarían después.

Y aunque Aubrey hubiera preferido de lejos permanecer en sus brazos, lo cierto era que tenía hambre.

Había otra razón: quería que los separara una mesa mientras hablaban del hijo de ambos. No quería el bálsamo de sus brazos porque necesitaba estar completamente alerta.

Aayiz era lo primero y lo último, y lo sería siempre. Lo había sido desde la noche en que supo que lo esperaba, y nada iba a cambiar eso. No sabía qué podía querer sugerir Khalid, o cuánto querría ver al niño, pero agradeció la oportunidad de comer y serenarse.

Le mostró dónde podía refrescarse y le dijo que la comida estaría servida enseguida.

Apartó una cortina y entró en una zona iluminada por unos preciosos faroles. Resultaba curioso que en mitad del desierto hubiera una bañera de agua caliente esperándola.

El suspiro que dejó escapar no fue solo por la bendición que era aquel agua con un suave perfume floral en sus músculos cansados, sino por el hecho de que Khalid por fin supiera de la existencia de Aayiz.

Se había quitado un peso enorme de los hombros.

Salió de la bañera. Los aceites perfumados formaban pequeñas gotas sobre su piel, pero no veía ninguna toalla con la que secarse, de modo que se masajeó la piel y miró a su alrededor buscando algo que ponerse.

Tampoco había bata de baño, de modo que entró en una zona cerrada con cortinajes que parecía un vestidor, porque había espejos y joyas, pañuelos de seda y perfumes.

Había también una bata de terciopelo carmesí en un galán de noche, con un collar con piedras y unos magníficos gemelos del mismo color.

Desde luego, lo había planeado todo, y eso la enervó. Aunque el terciopelo era suave y cálido, y estaba empezando a temblar, dejó la túnica. Estaba cansada de vestirse para los hombres.

No tardó en encontrar otra túnica de muselina pálida que seguramente debía de ser una prenda de ropa interior, pero se sintió con ella mucho mejor y, después de peinarse, ignorando las botellas de cristal y las pociones, y colocándose un chal de seda bordado sobre los hombros, salió.

Khalid no dijo nada mientras la veía sentarse.

No se atrevió.

Porque, si hablaba, sería para decirle que le recordaba el día que se conocieron, en el que ella se cubría con un chal.

Y podía decirle que le recordaba aquella primera noche en que había subido a su habitación y la había encontrado sin maquillaje. O aquel otro día en el pa que, cuando se dio cuenta por primera vez del pro fundo amor que sentía por ella. Pero eso sería cruel.

Porque, si el amor pudiera arreglar aquello, ya lo habría hecho.

—¿Tú no comes? —preguntó Aubrey cuando vio que la mesa estaba puesta solo para uno.

—Ya comí en el hotel. Esto he hecho que lo preparasen para ti.

—¿Qué es? —preguntó ella, alzando la tapa de un pequeño cuenco que tenía delante. El aroma era delicioso.

—*Piti* —contestó Khalid—. Cordero y garbanzos…

También tenía azafrán y menta, ¡y estaba deliciosa!

—Se traduce por «sopa para el alma».

—La traducción es correcta —Aubrey sonrió.

Había también *qutab*, una especie de torta rellena de queso y cordero.

—Había una fiesta para el personal después de la actuación —le contó ella—. Con un montón de comida y de cosas.

—¿Sientes habértela perdido?

—No. Solo lo digo porque a estas horas ya habría comido. Esto está muy bien.

—Me alegro.

Había té negro con cubitos de azúcar y limón, servido en unos vasos de cristal labrado, y resultaba refrescante y dulce al mismo tiempo.

Khalid vio que recuperaba el color de las mejillas, pero no dijo lo que quería decir porque no sabía cómo iba a tomárselo, de modo que en lugar de preguntarle directamente por Aayiz, le preguntó por ella.

Y, como siempre, le sorprendió.

—He estado asistiendo a clases de violín.

—¿Cuánto tiempo?

–Desde… desde un par de semanas después de que nos conociéramos. Nadie lo sabe –añadió Aubrey.

–¿Por qué?

–Pues… supongo que porque me siento un poco culpable. He estado un tiempo sin trabajar.

–Tú te has ocupado de tu madre cuando ella no trabajó.

–Lo sé, y por eso decidí no hablar de ello –sonrió–. Quiero a mi madre. Muchísimo. Pero sabe cómo buscarme las vueltas.

Él sonrió, y de pronto cayó en la cuenta de que hacía un año que apenas sonreía.

–Y –continuó Aubrey–, sabía que, si se lo decía, encontraría un millón de cosas que debería hacer con mi tiempo y mi dinero –le gustaba que Khalid no dijera nada. Que le diera tiempo para pensar antes de seguir hablando–. Necesito la música, Khalid. Necesito algo que sea solo para mí.

–Estoy de acuerdo.

–¿Qué tienes tú que sea solo para ti? –le preguntó, tomando un pedazo de *qutab* y ofreciéndole a él la mitad.

Sin pensarlo, Khalid lo aceptó y lo mojó en su cuenco.

Ya no eran extraños.

–No tengo… –iba a decir que no tenía tiempo, pero había algo para lo que sí–. Dibujo.

–¿Sabes dibujar? ¡Vaya!

–No, nada que merezca una exclamación. Son dibujos técnicos. Dibujo Al-Zahan como me gustaría que fuese.

–¿Por ejemplo?

Dibujaba allí, en el desierto, y después los quemaba porque sus visiones eran solo para él, pero miró a Aubrey y quiso compartirlas con ella.

–Me gustaría ver un puente que nos uniera al continente.

Esperó a que le dijera que eso era imposible, o quizás que le pareciera un proyecto maravilloso, pero lo que hizo fue estremecerse.

–¿Qué pasa?

–Pues que no conseguirías que yo pasara por él.

–¡Lo dice la mujer que vuela en el cielo!

–Eso es cierto –admitió ella. Pensó en el magnífico hotel y la genialidad que albergaba su mente. ¡Bailaría en cualquier puente que él construyera!–. ¡Me parece increíble!

Khalid permaneció en silencio porque ni siquiera él podía comprender lo mucho que le ayudaba escuchar eso de sus labios.

–¿Y has hecho algo al respecto?

–No. El rey considera que el hotel es una abominación. Detesta el continente.

–¿Y tú?

–En absoluto. Su reina es una dirigente considerada e inteligente. Me he esforzado mucho por que la relación mejore, pero el rey hace cuanto puede por desmantelar cualquier progreso que se logre. Mira por ejemplo esta noche. Se ha marchado después de los discursos, y ha sido un agravio.

–Ah, pero cuando el gato no está…

–¿El gato?

–Es un refrán. Cuando el gato no está, los ratones juegan.

–Pero yo no juego, Aubrey.

–Pues quizás deberías…

Aubrey no había flirteado en su vida, pero le salía con facilidad estando con él. Quería jugar, quería pedir medio helado de halva para el postre.

Quería, quería, quería.

Pero había cosas muy importantes que había que hablar antes.

—Tenía una infección de oído cuando nos conocimos —le recordó ella.

—Lo sé.

—Estaba tomándome antibióticos de los de mi madre, y no sabía que interactuaban con los anticonceptivos.

—Ya no importa.

—Pero entonces sí que me importó. No tenía ni idea.

—¿Cómo se lo tomó tu madre?

Aubrey contempló su plato ya vacío y decidió que algunas conversaciones no debían repetirse.

—No demasiado bien al principio, pero pronto cambió de parecer. Ha sido genial.

—¿Y tú? ¿Cómo estuviste?

—Bien.

—Aubrey…

—Bien, de verdad. Es un bebé maravilloso, Khalid. Es serio como tú, pero cuando sonríe… se parece mucho a ti. Se lo digo siempre.

—Aubrey —contestó él, tomando su mano—, sé que has luchado mucho, pero esos días se han terminado. Puedes vivir aquí con tu hijo, y yo iré a veros cuando pueda…

—¿Cuando tú lo decidas? —quiso aclarar, y él asintió despacio, sin dejar de mirarla a los ojos.

—Aayiz y tú viviréis lujosamente en un complejo cercano al palacio, y de vez en cuando te traeré aquí.

—¿Con nuestro hijo?

—No. Te traeré a ti para que podamos pasar tiempo juntos.

—¿Y qué hará entonces nuestro hijo?

—No será reconocido como hijo mío.

Aubrey creía saber lo que era que le partieran el corazón. En aquel año tan difícil, creía haber experimentado el dolor y la pérdida, pero en aquel momento conoció a su creador.

—Te odio por lo que acabas de decir, Khalid.

—Lo sé —contestó, porque él también se detestaba en ese sentido—, pero es la ley, y no soy aún el rey, pero de ese modo podría cuidar de ti y del bebé.

—Se llama Aayiz. Se parece a ti, es serio como tú y sonríe como tú. ¿Cómo puedes decir que no es tu hijo?

—Aubrey, desde el principio te dije que lo nuestro no podía ser y que no podías quedarte embarazada de mí. Sabía que no serías capaz de aceptar nuestras leyes.

—Pues me quedé embarazada. Y pasé un miedo terrible, y me puse enferma y me asusté todavía más, y cuando Aayiz nació con dos meses de adelanto. Jamás me había sentido tan asustada en toda mi vida, pero es mi hijo y me enfrenté a todo ello. Y como le dije a mi madre, yo criaré a mi hijo. Si de verdad has pensado que voy a querer formar parte de tu harén…

—No va a haber ningún harén. Serás solo tú.

—Ah, ya. Seré tu *ikbal,* tu elegida, tu favorita. Que te jodan, Khalid.

—No seas vulgar.

—¿Me estás proponiendo que sea tu puta y ahora me dices que no sea vulgar? Eres toda una contradicción, príncipe Khalid.

–¡Calla! Escúchame. Podrías tocar para mí.

Aubrey se echó a reír.

–No era una broma.

–Eso es precisamente lo que me ha hecho reír. Viviría aquí y nuestro hijo carecería de estatus.

–¿Quién querría tener este estatus? Su situación sería mejor que tener que soportar el peso de la corona. Recibiría educación, tendría riquezas…

–Y sería un bastardo. Solo yo puedo decir eso de él, nadie más, y puedo hacerlo por partida doble, porque yo también soy una bastarda –lo miró fijamente–. No. Puedes hacerlo mejor.

–Esto no es una negociación.

–Entonces, esta conversación se ha terminado.

–Hablaré con el rey –concedió Khalid. Y se enfrentaría al consejo de ancianos y al desencanto de su pueblo y la voracidad de la prensa, pero no iba a cargarla a ella con todo eso–. En lugar de aquí, también puedes vivir en Estados Unidos y yo iré a verte allí.

–¿Y nuestro hijo?

Él asintió.

–Será una falta de respeto menor hacia mi esposa si estás en el extranjero.

Las leyes eran en aquel momento como carbones al rojo vivo mientras intentaba encontrar el mejor modo de proceder, o al menos algo mejor que lo que su padre había hecho con su madre.

–¿Tú te casarías?

–Por supuesto.

–¿Y yo podría hacerlo?

–No.

–Entonces, de verdad te digo, Khalid, que esta conversación se ha terminado.

Se había imaginado que tendrían una confrontación respecto al niño. Que él exigiría verlo y que se pondría furioso por no haber sido informado.

Pero no aquella brutal indiferencia. Ella no era nada, y tampoco era nada su hijo.

—Me haces daño una y otra vez, Khalid.

—Yo jamás te haría daño.

—¡Pues me lo haces! Cada vez que me dices que no soy adecuada, cada vez que me dices que lo nuestro no puede ser. Bien, pues se terminó —se estaba mostrando dura. Tenía que hacerlo—. No te necesito, Khalid —él fue a contestar, pero se lo impidió—. Yo no he conocido a mi padre y he sobrevivido.

—A duras…

Iba a decirle que a duras penas, pero al verla tan orgullosa y fuerte, se dio cuenta de que no era así.

—Tendrás más hijos, Khalid. Y serán dignos de pertenecer a la familia real y de ser reconocidos. No voy a permitir que mi hijo sea un segundón.

—No puedes pretender que un hijo mío se críe en un aparcamiento de caravanas.

—Si voy a criarlo yo sola, necesito que mi familia y mis amigos estén cerca, y es precisamente en ese aparcamiento donde están.

—Te daré el dinero que necesites…

—Y ese dinero será para su educación, y, cuando yo lo considere lo suficientemente mayor, pasará a ser un joven rico. También conocerá el valor del trabajo duro y el de una mujer fuerte e independiente —que hubiera pensado que podía comprarla la enervaba—. No soy una mártir, Khalid. Si no puedo pagar el alquiler tiraré de los fondos que tú le proporciones, pero haré cuanto esté en mi mano para no recurrir a ello.

—¿Tanto te horroriza aceptar dinero de mí?

—Sí. No voy a ser como mi madre. La historia no volverá a repetirse. No pienso quedarme sentada en una casa, mantenida por ti, esperando a que el amo llegue.

—No puedes ver a nadie más.

—¿Cómo? Por supuesto que lo haré —estaban poniendo las reglas y su amor viviría o moriría aquella noche—. Quiero tener amor en mi vida, Khalid, y estoy segura de que lo encontraré. Un hombre cariñoso, que quiera a mi hijo como si fuera suyo —las lágrimas le rodaban por las mejillas—. Y, cuando Aayiz me pregunte por su verdadero padre, le diré que es mejor que no lo sepa. Le diré que nos enviaba dinero y que lo he guardado para él, para cuando sea mayor, pero que lo he criado yo. Y haré el amor con mi marido, y daré gracias a Dios por tener a mi lado un hombre que nos quiera a mi hijo y a mí.

Sabía que le estaba infligiendo dolor. Lo había visto en sus ojos, pero no tardó en recuperar la compostura.

—Nunca podrás querer a otro hombre como me quieres a mí.

—Tonterías —mintió ella—. Puede que de vez en cuando me acaricie pensando en ti… —le vio apretar los labios—, pero será mi marido quien me satisfaga.

—Nunca.

—Siempre. No lo entiendes, ¿verdad? Te quiero a ti. Lo quiero todo de ti. Quiero que solo tú seas su padre todo el tiempo, y quiero compartir la cama contigo cada noche. Y, si no puedo tener eso, no pienso quedarme sentada en mitad del desierto, esperando mi turno con el amo.

–Aubrey, me casaría contigo mañana si pudiera, pero no puedo mover montañas hasta que no sea el rey.

–Entonces, haz que venga el helicóptero. Quiero irme a casa.


–Alteza –lo saludó Laisha. Había ido a recibirlo, junto con un ayudante, a la sala VIP.

El viaje en helicóptero había sido un infierno, pero ahora no iban a poder despedirse. El príncipe llevaba fuera doce horas y su asistente tenía que ponerlo al día en muchos asuntos.

–La inauguración salió tan bien que los comentarios son increíbles.

Khalid quería intimidad. Quería irse a la suite real y convencer a Aubrey de que se quedara porque no podían terminar así.

Pero su tiempo siempre estaba comprometido.

«Siempre».

–Y tenemos una noticia magnífica –continuó Laisha con una sonrisa–. El primer bebé ha nacido en la planta cien.

–Muy bien.

–Naomi Devereux ha tenido una niña hace unas horas. Abe quiere verle.

–No tengo tiempo.

–Pero… Alteza, he reorganizado la agenda para que pueda verlo.

–Muy bien –le espetó–. Laisha, por favor, danos un momento.

Laisha y su ayudante se hicieron a un lado, pero eso no era tener intimidad y Aubrey no quiso mirarlo.

Estaban casi solos, pero no era bastante, y Khalid contempló aquellos grandes ojos azules y no pudo soportar verla marchar. Si le hubiera pedido dinero, tiempo, pasión, podría haberlo logrado.

Pero Aubrey le había pedido el corazón. Todo el corazón.

—Quédate unos días.

—No.

Deseaba tanto estar con él… pero también añoraba a su hijo. Estaba cansada, pero sobre todo temía claudicar.

Quería estar con él en su lecho del desierto.

Quería recibir el bálsamo de sus besos, que le hiciera el amor todas las noches, poder tener más hermosos niños morenos.

Quería su fuerza y sus cuidados.

No. Sería muy peligroso quedarse.

—Aubrey…

—No puedo, Khalid. Ya llevo fuera mucho tiempo.

—Entonces, por lo menos piensa en lo que te he ofrecido.

—La respuesta sigue siendo no –repitió ella, mirándolo. Y de todas las cosas difíciles de aquella tierra extraña y hermosa, la más difícil fue no poder tocarlo en aquel momento, no poder abrazarse a él o darle un beso de despedida. Oyó el carraspeo del ayudante y percibió el nerviosismo de Laisha.

No podían tocarse y, sin embargo, él lo hizo.

Ella cerró los ojos para recibir aquel beso tierno y prohibido. Intentó apartarse, pero su cuerpo se negó a perder aquel último momento de bendición.

—Confía en mí –le dijo él.

—Eso quiero.

–Confía en mí –repitió–. Nunca dejaré de intentar encontrar el modo de mejorar nuestra situación.

Y entonces, obligado, se separó de ella.

Khalid la vio abandonar aquella suntuosa estancia y deseó que se volviera a mirarlo, que corriera de nuevo a su lado, pero no lo hizo.

Laisha, roja como la grana, forzó una sonrisa.

–Alteza, ¿nos ponemos en marcha hacia el piso cien?

Su ayudante tenía una expresión sombría. Seguro que estaba deseando volver para contárselo al rey, pero a Khalid no le importó. Tenía muchas más cosas en la cabeza.

–Ya sigo yo solo, gracias –les dijo, y al hombrecillo le dedicó una mirada fulminante. Ambos se sentaron en una sala de espera.

Una enfermera salía y Khalid se dio cuenta de que no sabía sonreír.

–Enhorabuena –le dijo a Abe, estrechándole la mano.

–Gracias. Me puse nervioso cuando Naomi se puso de parto, pero no podría haber estado mejor atendida. Las instalaciones son increíbles.

–Excelente –se congratuló Khalid, dirigiéndole una sonrisa tensa.

Pero, cuando miró a Naomi que, sentada en la cama, tenía en los brazos a la recién nacida y la miraba con adoración, sonrió con toda naturalidad.

Un segundo después, sentía más ganas de llorar que en los últimos catorce años. Nunca antes había estado celoso, y mucho menos de los Devereux, que eran como familia, pero ver a Abe tomar a su bebé en brazos, a la madre rebosando felicidad, cansada pero bien cuidada, fue como si le hubieran dado una dentellada en el vientre porque ¿quién había estado al lado de Aubrey?

Desde luego, él no.

–Ten –dijo Abe, y depositó dos kilos y pico de bebé en sus brazos, y fue la carga más pesada que jamás había tenido que llevar.

Era tan pequeña, pesaba tan poco y olía como Hussain aquel día hacía ya tanto tiempo, cuando su madre le presentó al recién nacido, al que juró proteger. Y luego recordó también haber tenido a los mellizos en brazos, dos días después de su nacimiento, dos días después de que se quedaran sin madre.

Había jurado hacer lo mismo con ellos.

Anheló poder haber hecho lo mismo por Aayiz.

–¿Cómo se llama? –preguntó, y tuvo que aclararse la garganta.

–Hannah –dijo Naomi–. Significa favor o gracia.

«Tengo un hijo», hubiera querido decir Khalid, pero no lo hizo.

Lo que sí dijo e hizo era todo lo que se esperaba de él, pero no pudo ni por un momento dejar de pensar en Aubrey, y en que había pasado por todo aquello sola. Y todos aquellos pensamientos le condujeron a Aayiz, a quien debería jurar proteger y cuidar.

Sin embargo, para hacerlo no solo debería cambiar de sitio una montaña, sino el cielo y los barrancos.

Fuera, en el pasillo, sacó del bolsillo el medallón que Aubrey le había regalado y el corazón se le subió a la garganta al contemplar a su hijo. Su precioso hijo, con el pelo negro y la piel del color del caramelo.

Y no solo suyo. De ella también.

Aaviz tenía los ojos de Aubrey.

–¿Khalid?

Una voz de mujer lo arrancó de sus pensamientos. Creyó que sería Laisha con más citas urgentes, pero no. Era la reina del continente.

Y estaba sola.

–Majestad… confío en que todo vaya bien.

–Por supuesto, Khalid. Es que he solicitado que me enseñaran las instalaciones y la enfermera me ha dicho que podía dar una vuelta –sonrió–. Esto es precioso. Ojalá nosotros tuviéramos unas instalaciones como estas. Acabo de decirle a mi marido que me encantaría tener aquí a nuestro hijo.

–Y nosotros estaríamos orgullosos de que nos eligieran.

–¿Y el rey? No sé cuál sería la reacción de tu padre si nuestro hijo naciera aquí, Khalid.

–Bueno, sería muy bienvenida –aunque su corazón estuviera apesadumbrado, se alegraba de tener ocasión de hablar con la reina–. Me gustaría disculparme si anoche le parecí un poco grosero.

–En absoluto –ella sonrió–. Fue una noche espléndida. Yo fui demasiado insistente, hablando de tu futura esposa cuando aún no se ha anunciado nada.

Siempre se sentaban el uno frente al otro en largas mesas, rodeados de asistentes, pero a pesar de las limitaciones y de los enfrentamientos en la historia de ambos países, aquella mujer le parecía encantadora.

Progresista.

Le había complacido su coronación, y siempre había pensado que llegaría un día en que pudieran trabajar en equipo por el bien de sus pueblos.

«Cuando el gato no está…», recordó. Ahora comprendía a qué se refería Aubrey. De hecho, era casi como si la tuviera al lado.

Miró hacia el inmenso ventanal y la imagen del mar Arábigo, y tomó la decisión de hacer… en realidad no era una apuesta, sino un paso hacia su sueño.

–Anoche me preguntó qué ideas tenía para Al-Zahan.

–Sí, pero, por favor, Khalid, no me aburras con charlas sobre hoteles.

–No lo haré.

Levantó la mano en la que tenía el medallón de plata y señaló al horizonte antes de explicarle lo que veía en el futuro.

# Capítulo 14

EL REY se echó a reír.

Y Khalid nunca le había visto hacer tal cosa. Se rio y se rio. Luego se detuvo y miró al hijo que se atrevía a desafiarlo insistiendo en elegir a su propia futura esposa.

–¿Me estás diciendo que quieres casarte con una stripper de Las Vegas, que sea nuestra reina, y que yo lo apruebe?

–Aubrey es bailarina.

–Es una stripper con un bastardo.

–Se llama Aubrey, y mi hijo se llama Aayiz, y los dos tienen mi corazón.

–Bueno, aquí no necesitamos corazones –replicó el rey con frialdad–. Has perdido la cabeza, Khalid. ¿Qué podría aportar esa mujer a Al-Zahan?

–Mucho. Es valiente y generosa, comprende las debilidades de la gente, pero no los juzga, y trabaja más duro que nadie que conozca.

–Khalid, estoy harto de que retrases constantemente el cumplimiento de tu deber. Voy a convocar al místico y al joyero, y te casarás con la esposa que yo elija.

–Yo ya he elegido a mi esposa.

–Entonces renunciarás a tus derechos al trono, que recaerán en Hussain.

Khalid miró a su padre, vio su sonrisa diabólica y detestó al hombre que haría que la pesadilla de Hussain se convirtiera en realidad.

–Dentro de dos puestas de sol habrá una boda en la casa real –le dijo el rey a su visir–. Tráeme al príncipe Hussain…

–Me casaré –dijo Khalid–. Envíe al joyero y al místico a la cúpula y dígales que se elegirá una novia para el príncipe heredero Khalid.

Vio que se daban las órdenes pertinentes y, cuando se abrieron las puertas de la cúpula del palacio, se lanzaron gritos de júbilo para anunciar que se iba a elegir novia para el príncipe heredero Khalid y que pronto se celebraría la boda.

Estaba hecho.

Pero no todo, porque volvió a mirar a su padre y le habló en voz baja:

–El día más triste de la vida de mi madre fue el día en que tú la elegiste.

–Hice de ella una reina.

–Pero nunca hiciste que se sintiera como tal.

Lo que consiguió con sus palabras distaba mucho de calmar los ánimos. Lo que hizo fue encender la mecha.

Tía Carmel y su madre estaban sentadas en el porche cuando Aubrey volvió de Al-Zahan. Se las arregló para sonreír y ellas hicieron como si no se dieran cuenta de que tenía los ojos hinchados y enrojecidos.

–Haris debe de estar ya despierto –dijo su madre.

Aubrey se volvió a decirle:

–Aayiz. A partir de ahora, llámalo Aayiz. Haris es su segundo nombre.

No estaba despierto pero, aun así, Aubrey lo tomó en brazos y la carita del niño se iluminó con una sonrisa al ver que su mamá estaba allí.

–Te quiero, Aayiz –le dijo, y lloró amargamente.

Con su bebé en los brazos, entró en el salón y en la televisión vio el palacio de la cúpula rosa, y el joyero y el místico saliendo de él.

Se sintió enferma contemplando aquel antiguo ritual, y escuchó el entusiasmado relato del periodista en el que refería que habían podido extraer el oro de la cúpula la noche anterior y que, antes de que el sol se pusiera dos veces, se celebraría una boda o Al-Zahan dejaría de existir.

Y no había absolutamente nada que ella pudiera hacer aparte de seguir adelante y criar a aquella hermosa criatura.

Así que aquella noche, en lugar de quedarse llorando en la cama, se puso una malla de lentejuelas plateadas, se maquilló y se despidió de Aayiz con un beso, pero el niño estaba inquieto.

–Le están saliendo los dientes –dijo su madre–. Mira cómo se muerde la mano.

–¿Le traigo algo cuando vuelva?

–Yo voy a por ello –se ofreció su tía.

Su hijo tenía tantas personas para cuidarlo…

–Está bien –le aseguró Stella–. No te preocupes.

Pero Aayiz no estaba bien.

Lloraba y lloraba, y tenía las mejillas coloradas. Cuando llamaron a la puerta, Stella suspiró aliviada.

–Será la tía Carmel –le dijo.

Pero no era ella.

Era un hombre, moreno y sin afeitar, con una túnica

plateada. Stella supo de inmediato quién era: tenía que ser el padre del bebé que tenía en los brazos.

—¡Fuera! —le gritó—. Váyase.

—Señora Johnson, no he venido a llevármelo, sino a ver a Aubrey.

Pero primero vio a su hijo.

Su pequeño príncipe. Su heredero. Se le encogió el corazón. Stella vio el amor en sus ojos y después de un momento de duda, lo dejó pasar.

Khalid reparó en aquella casita limpia, con fotos de Aubrey por las paredes y un par de ellas de Jobe, otras de Aayiz y muchas de Stella antes de que el fuego le quemara la cara.

—He venido para pedir su permiso para casarme con su hija.

—¿Casaros?

Acababa de darse cuenta de que aquel hombre no era solo el padre de su nieto, sino alguien más. Había seguido muy de cerca el funeral de Jobe.

—Sí, pero antes de que me conteste, ¿puedo tener a mi hijo en brazos?

Aayiz necesitaba a su padre porque de inmediato se calmó y se quedó mirando al hombre que lo sostenía, y Khalid supo que nunca volvería a negarlo, costara lo que costase.

# Capítulo 15

QUÉ TAL está Haris? –le preguntaron las compañeras del trabajo.

Y Aubrey les pidió que lo llamaran Aayiz.

–¿Estás bien?

–Solo cansada.

Se puso magnesio en las manos y en los pies y subió a la plataforma. Desde allí tomó el trapecio y ejecutó su rutina lo mejor que pudo, con un corazón que al principio le pesaba mucho.

Debía de estar viendo visiones, porque un hombre corpulento con una túnica negra y plateada al que la gente se volvía a mirar había entrado allí. Sin duda era Khalid. Aun en Las Vegas llamaba la atención.

–¡Aubrey! –la llamó con voz profunda–. ¿Puedes bajar?

Pero ella le ignoró porque sabía que, si bajaba, la historia volvería a repetirse.

–Aubrey –insistió él, y había tal autoridad en su voz que la mesa de juego se detuvo. Los otros crupieres dejaron de dirigir el juego y sus amigas se acercaron.

–¡Baja!

Aubrey se sentó en el columpio y miró hacia abajo.

–No.

A su lado había otro hombre con túnica, Laisha y

dos guardaespaldas que había visto en el funeral de Jobe.

Todos parecían agobiados.

Estaba claro que no estaban acostumbrados a que se desobedeciera al príncipe heredero.

Y Khalid tampoco lo estaba, así que comenzó a subir por la escalera a la plataforma. Estaba completamente prohibido para él, pero los hombres encargados de la seguridad del casino se mantuvieron al margen.

—No pienso bajar —le espetó ella—. Ve y elige una esposa, Khalid.

—Ya lo he hecho.

—¿Y yo tengo que vivir con ello? ¿O es que quieres echar un polvo mientras aún eres soltero?

A juzgar por cómo todo el mundo contuvo la respiración, no debería hablarle de ese modo y esperaban que su príncipe la pusiera en su sitio. Sin embargo, Khalid sonrió.

—Aubrey, la esposa que he elegido eres tú.

Dejó de balancearse, sobre todo cuando vio que Laisha empezaba a llorar e imploraba algo a Khalid en árabe, y los hombres de la túnica salían de su letargo.

—Tu padre… —Aubrey abrió los ojos de par en par al recordar las consecuencias de que se casara con ella—. Hussain…

—Tú solo dime que serás mi esposa. Yo me ocuparé del rey y de todo lo demás.

—¿Incluso de mí?

—Especialmente de ti. Y de mi precioso hijo, si es que tú me lo permites.

—¡Sí!

Y, cuando extendió los brazos, ella se dejó caer y fue deslizando su cuerpo contra el de él hasta que sus labios volvieron a fundirse.

Los clientes, los crupieres y sobre todo sus amigas rompieron a aplaudir y a vitorear, pero aquel escándalo no fue nada comparado con el rugido que se organizó cuando se la echó a un hombro y de aquella guisa salieron a la calle Strip, donde un príncipe y una trapecista no llamaron la atención de nadie.

–Todo saldrá bien –le dijo cuando ella se echó a llorar.

–¿Cómo va a estar bien? ¡Pobre Hussain!

–No. A Hussain no va a pasarle nada.

–Entonces, Abbad…

–He hablado con el rey –explicó Khalid, apoyándose en una columna, de modo que su cuerpo bloqueaba la visión de los demás y hacía que parecieran estar los dos solos–. Me recordó que, si mi boda no tenía lugar antes de dos puestas de sol, Al-Zahan dejaría de existir, y yo le respondí que la gente del continente era feliz y que estaban dirigidos por una reina inteligente y amable, y que, si no te aceptaba como mi esposa, y dado que Hussain no quería ocupar mi sitio y Abbad tampoco, estaríamos encantados de unirnos con el continente. Que había hablado con la reina y seguiría siendo embajador de mi pueblo…

–¡No!

–Le dije que habías llevado mi perfume durante un año, y que Jobe nos había entregado un amuleto el día que nuestro hijo fue concebido. Aayiz es mi hijo y nunca lo negaré.

–¡Pero tú quieres ser rey!

–Solo si tú eres mi reina. Si el rey no lo aprueba, el

reino de Al-Zahan llegará a su fin. Mejor una reina amable y un embajador fuerte que un rey frío y cruel.

Aubrey sentía que el corazón se le iba a salir del pecho al ser consciente de hasta dónde estaba dispuesto a llegar para que pudieran estar juntos.

—¡No!

Pero Khalid sonrió.

—Eso es exactamente lo que dijo mi padre. El muy bastardo cayó de rodillas, implorándome que te tomara como esposa… —deseaba besarla, pero no podía hacerlo—. Aubrey, tenemos que marcharnos ya. Pronto amanecerá en Al-Zahan…

Se volvió a mirar a su gente, y Laisha negó con la cabeza.

—No hay tiempo suficiente. Son dieciocho horas de vuelo y solo tenemos quince minutos hasta la puesta de sol. Al-Zahan caerá…

—Si nos marchamos ahora —contestó Khalid—, aún podremos conseguirlo. Hablaré con el piloto…

Pero Aubrey tenía una idea mejor.

—Khalid —dijo, interrumpiéndolos a todos. Estaban en mitad de la calle Strip, ella con su malla brillante—. Estamos en Las Vegas —les recordó.

—El pueblo debe presenciar su unión —puntualizó Laisha.

—Y lo harán —Khalid sonrió.

Besó a Aubrey en la cara, en los ojos, en la boca…

—Vamos —apremió a Aubrey, que tenía las manos entrelazadas detrás de su cuello—. Suéltame.

—Nunca.

—Lo digo en serio. Tenemos que organizar una boda —y le susurró al oído—. Y después, te haré el amor.

# Capítulo 16

UNA BODA de la realeza en quince horas!
Podía parecer imposible, pero Aubrey pertenecía a una hermandad que se hizo una piña para que aquel evento espectacular resultara posible.

Khalid habló con el consejo de ancianos, que acogieron con entusiasmo aquel refrescante cambio, ya que se habían temido que la crueldad del rey tuviera continuidad en el príncipe heredero

Pero todo eso consumió un tiempo. Y había que dar de comer a un bebé, y quería hacerlo su padre por primera vez.

Aubrey vio a Khalid acomodarse en el sofá de su diminuta casa y darle a Aayiz el biberón.

–Qué pequeñito es –dijo.

Y sí que lo parecía, estando en brazos de su padre.

–Detesto que hayas tenido que pasar por todo esto tú sola.

–Me encanta ser su madre –declaró Aubrey–. Te quiero, Khalid. Te quiero muchísimo.

Eran las palabras que él necesitaba escuchar, pero apenas les quedaban seis horas.

–Puedo maquillarme yo sola, pero necesito que peinen a mi madre y… ¡y tengo que encontrar un vestido!

–Vete a buscarlo. Yo me ocupo de lo demás.

–¿Y las flores?

–¡Vete!

Y Aubrey y su madre salieron con un clip de diamantes lleno de billetes para prepararse para la boda.

Aubrey escogió un vestido del blanco más puro que rozaba el suelo aun con tacones.

–Estás preciosa –le dijo su madre con lágrimas en los ojos–. Aubrey, soy tan feliz por ti… te lo mereces.

–Tú también, mamá –contestó ella, abrazándola.

Por primera vez desde el accidente, su madre dejó que la peinaran y un pequeño tocado, dispuesto cuidadosamente, cubría las cicatrices más feas, y la especialista en color obró su magia en el pelo rojo y blanco de su tía Carmel.

Aubrey decidió llevarlo recogido para que se viera su colgante de plata.

Faltaba menos de una hora cuando alguien llamó a la puerta de la suntuosa suite que ocupaban y Aubrey se encontró con Vanda, la maquilladora que la había ayudado aquel día en Nueva York.

–¡Por designación real! –exclamó la joven, y se puso a bailar por el pasillo.

Brandy se ocupó de las flores y pronto un ramo de peonías blancas llegó a la suite.

–Vas a dejarlos sin respiración –dijo más tarde Vanda, cuando bajaban en el ascensor.

En Las Vegas todo era posible, pero Aubrey nunca se había imaginado que se casaría allí, rodeada por la familia y los amigos, y que su guapísimo príncipe la estaría esperando con su niño en brazos.

Khalid llevaba una túnica en rosa y oro y una *kufiya*, y para ella estaba más guapo cada día. Aayiz iba de azul marino, y los dos estaban tan guapos y tan llenos de amor que Aubrey tuvo que confiar en el brazo de su madre para no echar a correr hacia ellos.

–Despacio –le recordó su madre–. Disfruta de tu momento, Aubrey.

Vio allí a los hermanos de Khalid, que le sonrieron felices viéndola avanzar del brazo de su madre, acompañadas por las preciosas estrofas que Brandy había elegido de *The Wonder of You*.

Al llegar al lado de Khalid, una enorme pantalla se encendió y cayó en la cuenta de lo ocupados que debían de haber estado Khalid y sus asistentes, porque apareció la imagen en vivo del palacio. Parecían estar al lado de la cúpula dorada, y oyeron los vítores de la gente cuando su príncipe y la novia aparecieron ante ellos.

Era una boda que Khalid nunca se había imaginado, pero la sentía perfecta y completa, porque quería a Aubrey, en todas sus facetas, y, cuando los ancianos del consejo hablaron dirigiéndose a la familia y los amigos, Laisha fue traduciendo las palabras que se llevaban siglos pronunciando en las arenas del desierto de Al-Zahan.

No había una sola cosa que Khalid hubiera anhelado en toda su vida, excepto amor.

Aubrey se había pasado la vida deseándolo todo, excepto amor.

Khalid adornó su dedo y su muñeca con un brazalete de flores hecho a partir del oro del palacio y, cuando habló, sus palabras sonaron claras y medidas.

–Aubrey, me entrego a ti y prometo cuidarte –y añadió algo más que la ley de Al-Zahan no obligaba a decir–. Te ofrezco mi amor.

–Khalid, acepto tu amor –contestó ella, y mirando sus manos entrelazadas, tuvo que recordarse que debía respirar, porque el aire se le había quedado atascado en la garganta.

Estaban oficialmente casados.

Aún era de madrugada en Las Vegas cuando salieron de la recepción, pero la hora no importaba. En Al-Zahan todavía era de noche, y allí también había celebraciones, tanto por el futuro rey como por su hijo, el príncipe Aayiz.

Un príncipe que ahora dormía en otra lujosa suite, vigilado de cerca por su devota niñera y tía abuela.

Y, por fin, Aubrey y Khalid estaban solos.

La desvistió despacio.

Y, cuando él estuvo también desnudo, Aubrey le confesó una cosa:

—Estaba a punto de decirte que sí a ser tu *ikbal*.

Khalid tiró suavemente de ella y la besó en la boca. Sin separarse, la tumbó en la enorme cama y fue besando su cuello, sus pechos y su estómago, que sintió tensarse al hundir los dedos en ella.

—¿Me estás diciendo que estabas a punto de decir que sí a ser mi amante?

—Sí...

—¿A punto? —insistió Khalid, sacando los dedos y tumbándose sobre ella antes de hacer que abriera las piernas—. ¿Ibas a decir que sí a vivir en el desierto y a que te hiciera el amor día y noche sin protección?

—Sí —dijo Aubrey sin aliento cuando él la penetró.

—Siempre serás mi favorita y mi elegida.

—Soy la única para ti —adivinó ella.

Absolutamente. Lo era.

# Epílogo

LO ECHAS de menos? –preguntó Aubrey.

En muchas ocasiones se había hecho a sí misma aquella pregunta, e incluso había llegado a preguntarle directamente a él, pero Khalid nunca había contestado.

Pero en un día como aquel, con el sol en todo lo alto del cielo azul de Al-Zahan, con la pompa de la coronación ya pasada y disfrutando de aquella increíble vista desde el piso cien, le preguntó si echaba de menos a su difunto padre.

¡El piso cien!

Khalid sostenía en los brazos a su pequeña recién nacida y a Aayiz, que ya tenía quince meses y que parecía enorme junto a su hermana.

Contempló el océano y los impresionantes yates. En su país no solo los dirigentes prosperaban, el pueblo empezaba también a hacerlo. Aún no había puente que lo uniera con tierra firme, pero lo habría.

Aquella mañana, la reina y el príncipe consorte los visitarían discretamente porque adoraban a Aubrey. Sería una visita personal. La oficial tendría lugar un poco más adelante.

Sintió la manita de Aayiz en la cara y se preguntó cómo un padre podía elegir no sonreír ante una manita tan inocente. Entonces miró a su hija, que había nacido hacía solo cuatro horas, con unos deditos largos y rosados, una naricilla chata y una preciosa boquita sonrosada.

Y la quiso desde lo más hondo de su alma.

¿Cómo podía un rey no querer lo mejor para todas las personas a las que amaba? Incluida Stella, con la que no todo eran vino y rosas, y que llevaba dos semanas allí, esperando el nacimiento de su segundo nieto. Ahora vivía en un magnífico apartamento junto a la calle Strip con su hermana Carmel. Dos semanas, tres días y quince horas. Que Dios lo ayudase.

—He pensado que podía llevarme a Haris a ver los barcos —dijo Stella.

Era mucho más de lo que su padre habría hecho.

—Aayiz —la corrigió Aubrey por enésima vez.

—Seguro que le encantará, Stella —contestó Khalid, entregándole al niño. Stella, que se había operado de las quemaduras y tenía mucho mejor aspecto, hizo una mueca y el niño se rio.

—Es igualita que Aubrey cuando nació —dijo, mirando a su nieta—. Bueno, un poco más morena, pero tendrá esa naricilla durante una buena temporada.

Khalid sonrió. Era su primera sonrisa sincera dedicada a Stella. Tenía que reconocer que estaba empezando a caerle bien.

—Stella, ¿has hablado con Carmel para que venga ahora que ha nacido la niña?

—¿No te lo he dicho? ¡Está de camino!

Aubrey no habría podido imaginarse qué había hecho que su marido, siempre tan serio, se echase a reír.

Besó a Aayiz, este a su hermanita y la abuela a su hija antes de marcharse.

–No –dijo él, cuando la puerta se cerró.

Aubrey frunció el ceño y le costó recordar a qué se refería.

–No lo echo de menos.

Khalid se acercó a la cama y se sentó junto a ella, y Aubrey sonrió al esposo que no siempre le daba la respuesta que ella esperaba.

–Es tan bonita… –dijo Aubrey, contemplando a su hija–. Cuando Aayiz nació…

–Cuéntame.

–Se lo llevaron, y yo temí no volver a verlo.

–Ahora puedes verla –le dijo Khalid–. Fíjate en lo bien que lo has hecho –y le entregó a la niña, que llevaba cuatro horas en sus brazos–. No va a desaparecer.

Aubrey tomó a la niña.

–Tenemos que pensar un nombre.

–Ya lo tiene –contestó ella–. Dalila.

Khalid se quedó pensativo un momento y sonrió.

–*Abnataya alhabiba* –susurró mirando a su niña–. Hija querida, pido a Dios que camines al sol y rías tanto como lo hice yo…

Y así sería.

# Bianca

Su proposición había sido por pura
conveniencia... pero el deseo que había nacido
entre ellos no era conveniente en absoluto

## FANTASÍA
## MEDITERRÁNEA

Julia James

Tara Mackenzie aceptó hacerse pasar por la novia del multimi-
llonario Marc Derenz para convencer a una insistente arpía de
que él era inalcanzable. Era solo de cara a la galería, hasta que
su apasionado idilio en la Costa Azul dejó a todos convencidos
de que estaban comprometidos.

Resistirse al exasperante y adictivo atractivo de Marc era enor-
memente difícil antes, pero convertirse en su prometida llevó el
deseo a una altura desconocida.

Tara estaba cautivada por aquella fantasía mediterránea ¿pero
se atrevería a creer que aquella relación podía ser algo más?

# DESEO

*Estás esperando un hijo mío. Serás mi mujer.*

Y llegaste tú...

## JANICE MAYNARD

Durante dos maravillosas semanas, Cate Everett compartió cama con Brody Stewart, un hombre al que acababa de conocer y al que no esperaba volver a ver. Cuatro meses después, el seductor escocés volvió al pueblo con la solución al problema de Cate, quien estaba embarazada de él.

Pero Cate tenía un dilema: si se convertía en la esposa de Brody, ¿estaría viviendo una farsa sin amor o Brody incluiría su corazón en el trato?

# Bianca

¡Aristo haría cualquier cosa
con tal de estar con su hijo!

## MAGIA Y DESEO

Louise Fuller

Cuando Teddie se dio cuenta de que estaba embarazada, su tur
bulento matrimonio con el magnate hotelero Aristo Leonidas y
había terminado. A partir de aquel momento guardó celosament
el secreto… hasta que Aristo descubrió que tenía un herederc
y le exigió a Teddie que se casara con él otra vez. Pero, a pesa
de que la química seguía siendo tan ardiente como siempre
Teddie quería algo más esta vez. ¡Para poder tener a su hijc
Aristo debía ahora recuperar también a su esposa!